edition
tingeltangel

AF303490

Mein Kater vom Mars

Her mit dem Stoff!

Science Fiction
von Kris Benedikt

Für alle Liebhaber grüner Katzen

© *edition tingeltangel*
Thomas Endl, Kohlstr. 7, 80469 München

Einbandgestaltung unter Verwendung folgender Grafiken:
Mars: © Natalia Rashevskaya/Fotolia.com
Augen: © fayska/Fotolia.com
Ranken: © FotoDesignPP/Fotolia.com
Surfer (auch Kapitelvignetten): © dervish 15/Fotolia.com

In den Verweisen auf weitere Bücher wurden genutzt:
Alien: © dancerP/Fotolia.com
Augen: © Horon/Fotolia.com
Mondkatze: © Moreen Blackthorn / Fotolia.com
Weihnachtskugel: © Rob Stark/Fotolia.com
Nikolaus und Nikolina: © Cornelia Haas
Gesicht mit Maske: © olly/Fotolia.com
Tänzerin: © lassedesignen/Fotolia.com
Skyline London: © JiSIGN/Fotolia.com
Einschuss: © Sascha Burkard/fotolia.com

Herstellung: BoD - Books on Demand, Norderstedt
FSC®-zertifiziertes Papier aus verantwortungsvoller Fortwirtschaft

ISBN 978-3-944936-12-3
Erste Auflage, München 2015

/1/

Die Welle

Mir war heiß, denn unter dem T-Shirt und der Jeans trug ich meinen Neoprenanzug. Im Nacken aber spürte ich eine Gänsehaut. Was mein bester Freund Bass und ich vorhatten, war im Grunde der helle Wahnsinn.

„Die Eisbachwelle ist fällig, Mike", hatte er am Tag davor im *Fun & Sport Shop* großspurig erklärt.

„Ja ja", hatte ich gemurmelt und den Blick über die Riesenauswahl bunter Surfbretter schweifen lassen. Womit würde ich eleganter über das Meer jagen können? Mit dem bananengelben Shortboard oder mit dem weltraumblauen Malibu-Board?

Ich brauchte unbedingt das ultimative Board. Dafür hatte ich zwei Jahre lang an Weihnachten und den Geburtstagen Gutscheine gesammelt. Mit vierzehn war es höchste Zeit, nicht mehr auf geliehenen Kinderbrettern zu stehen, die schon von x anderen zerschrammt worden waren.

Jetzt ging es also zur Eisbachwelle. Eigentlich wollte ich das gar nicht, aber irgendwie reizte es mich doch. So trottete ich neben Bass her, mein nagelneues Board unter den Arm geklemmt.

„Echt ultimativ, dein Malibu-Board." Bass grinste. „Ultimativ blau. Wenn du das im Meer verlierst, findest du es nie wieder."

Seit ich ein einziges Mal die Leine, die das Board mit einem Fuß des Surfers verbindet, nicht richtig festgemacht hatte, musste ich mir die aberwitzigsten Geschichten über verlorene Surfbretter anhören. Kühl wie ein Katastrophenforscher führte mir Bass gern all die Schrecken vor Augen, die ich auslösen konnte. „Stell dir vor, du verlierst dein Surfbrett und es kommt ein Raddampfer. Das Rad schluckt das Board. Das Board blockiert das Rad. Die Maschinen des Dampfers laufen heiß. Der Druck bringt den Kessel zum Explodieren. Ein Loch im Maschinenraum. Die Passagiere in Panik. Sie springen ins Wasser - was dumm ist. Denn da kommt ein Hai …"

Doch diesmal sagte Bass nur: „Ein Board in Wasserblubberblasenblau, ausgerechnet."

„Weltraumblau", korrigierte ich.

„Egal, auf jeden Fall nicht sehr gü-üünstig!" Seine Stimme überschlug sich. Nicht etwa vor Aufregung. Bass würde nicht einmal panisch werden, wenn er geradewegs über einen Hai hinwegsurfte. Doch seine Stimme machte, was sie wollte. In den dümmsten Momenten kippte sie und produzierte lächerliche Gickser.

In seiner Basketballmannschaft: „Los, gib doch ab. Ich krieg ihn rei-iin."

Auf dem Schulhof: „Timo, ich prügle mich nicht mit dir. Ist doch Ki-iinderkram."

Vor dem Kino: „Hey, scharf - im Zweier läuft ein Agenten-Thri-iiller."

Jetzt meinte Bass versöhnlich: „Nach den ganzen Surfurlauben schaffen wir die Eisbachwelle locker!"

„Wenn wir gegen den Beton der Uferbegrenzung knallen, dann ist das Board hin", konterte ich.

„Unsi-iin, das gibt höchstens ein paar Kratzer." Mit ausgestrecktem Arm wies er auf den Weg, der sich hinunter zum Wasser schlängelte. „Und wann, wenn nicht heute?"

Richtig. Es hätte kaum einen günstigeren Zeitpunkt geben können. Meine Eltern waren mit meiner Schwester schon vor ein paar Tagen nach England in den Urlaub abgedüst. Also hatte es keine unangenehmen Fragen gegeben, wo ich mit Board und Neopren-Anzug hinging. Sarah und Helmut Tack, die Eltern von Bass, waren im Packwahn. Nur noch achtzehn Stunden bis zum Abflug nach Teneriffa, wo ich seit vier Jahren jeden Sommer mit den Tacks hinflog, um in El Médano Wellen zu reiten.

LEBENSGEFAHR, warnten die Schilder, die das Ufer des Eisbachs säumten. Es war strengstens verboten, an dieser Stelle zu baden. Vor allem war es *untersagt, Gegenstände in das Wasser einzubringen, die zum Surfen geeignet sind*, wie die Schilder in prächtigem Beamtendeutsch verkündeten. Und genau darum faszinierte uns die berühmte Eisbachwelle am Eingang zum Englischen Garten in München.

Nirgends sonst schwillt der Eisbach so wild an. Surfer aus der ganzen Welt ignorieren die Schilder und wagen sich auf die Welle. Nicht nur, weil sie eine sportliche Herausforderung ersten Ranges ist, sondern auch, weil man hier immer Publikum hat.

Am Ufer gab eine regelrechte Schlange, in die wir uns einreihen mussten. Die anderen Surfer waren älter und vermutlich erfahrener als wir, aber sie hielten sich oft nicht mal eine Minute auf der tosenden Welle.

Als ich zögerte, aufzuschließen, schubste mich Bass weiter. Bald war nur noch ein Surfer vor uns an der Einstiegstelle. Sein Glatzkopf wirkte sehr aerodynamisch. Auf der Welle schwankte ein Typ mit Zopf. Kein Wunder, so wie er mit den Armen wedelte! Er verlor das Gleichgewicht und fiel nach hinten.

Von der Brücke war das Gelächter der Schaulustigen zu hören, die dort den besten Blick auf die Künste der Wellenreiter hatten. Das Board des Zopfträgers flog durch die Luft und traf ihn fast am Kopf. Gurgelnd tauchte er in der Gischt unter. Die Strömung trieb ihn fort. Zwanzig Meter weiter erschien er prustend am Ufer und zog sich mühsam an Land.

„He, Sebastian Tack - du hast ja nicht mal ein Surfbrett dabei, da gehst du ja noch schneller unter als der von eben!", rief jemand von der Brücke. Herrje! Ausgerechnet Timo und seine beiden schwachköpfigen Kumpels beobachteten uns.

„Oder bist du ein Fisch, Bass?", krähte Timo.

Bass stöhnte.

Auf der Welle tanzte der Glatzkopf. Er versuchte eine Drehung, doch er war zu langsam. Das Wasser griff sich sein Board und ihn gleich mit.

„Genau, ein stummer Fisch." Schwachkopf Nummer eins begann, Beatbox-Geräusche zu machen.

Timo rappte dazu:

„Der Bass sieht aus wie 'ne Wurst in der Pelle,

doch er traut sich nicht auf die Eisbachwelle.

Wir möchten den Bass gerne surfen sehn,

doch bestimmt wird er gicksend untergehn."

Nun war ich direkt am Einstieg. Ich starrte noch wie hypnotisiert in die Welle, da riss Bass mir das Board aus der Hand und sprang. Das Wasser spritzte, als er aufklatschte. Doch er stand, kurvte nach links und nach rechts. Die Turns sahen kinderleicht aus. Timo und die Schwachköpfe hielten endlich die Klappe.

Ich fragte mich, woher meine Bedenken gekommen waren, die Eisbachwelle auszuprobieren. Hatte ich die Waghalsigkeit der Eisbach-Surfer überschätzt? In Bass' Gesicht spiegelte sich volle Konzentration. Er würde doch nicht …

Urplötzlich schnellte Bass samt Board um die eigene Achse. Eine volle Drehung. Und er stand! Erst jetzt blickte er hinauf zur Brücke. Aber Timo und die Schwachköpfe waren verschwunden.

Es war nur ein Augenblick, in dem Bass nicht auf das Wasser achtete. Ein entscheidender Augenblick. Ein mächtiger Schwall drückte das Board zur Seite. Es knallte gegen die betonierte Uferkante und Bass fiel mit schmerzverzerrtem Gesicht ins Wasser. Dann riss ihn die Strömung mit sich.

Ohne nachzudenken, sprang ich hinterher. Die Gischt tobte vor meinen Augen. Bass war schon weit abgetrieben. Es dauerte ewig, bis ich sein Bein zu fassen bekam. Beach-Volleyballer eilten mir zu Hilfe und hievten mich und Bass ans Ufer. Wir waren bereits mitten im Englischen Garten. Jemand rief per Handy den Notarzt.

Als Bass auf die Krankentrage des Rettungsdienstes gehoben wurde, hielt er sich die Hüfte und stöhnte: „Hey, dein Board ist spitze, Mike."

Nach der rasenden Fahrt im Krankenwagen zog sich die Zeit. Man untersuchte mich und befand mich für unverletzt. Ich bekam trockene Klamotten und eine Tasse lauwarmen Kamillentee.

Als die Tacks eintrafen, hockte ich im Krankenhausflur. „Warte hier, Mike. Wir nehmen dich nachher mit zu uns nach Hause." Dann eilten sie den Korridor entlang, in den auch Bass auf einem Krankenbett gerollt worden war.

Ich hatte keine Ahnung, wie schlimm seine Verletzungen waren. Vor meinem geistigen Auge sah ich immer wieder, wie er vom Eisbach verschluckt wurde. Und mit ihm das Board.
Herrje, wo war das Board eigentlich? Bass hätte einfach nur die Leine am Fuß befestigen müssen. Shit!

Bye-Bye, Teneriffa

Am nächsten Morgen hatte ich immer noch das Gefühl zu warten, dabei saß ich bei den Tacks am Frühstückstisch und alle Fragen waren längst beantwortet.

Der schlimmste Fall war eingetreten. Bass hatte eine Hüftfraktur, die Teneriffa-Reise musste abgesagt werden. Während Sarah Tack heulend die Koffer auspackte, telefonierte Helmut Tack in der Welt herum: Reisebüro, Versicherung, die Freunde in El Médano, mit denen wir zum Surfen verabredet waren. Und jetzt auch noch die Polizei.

Ich kam mir vor, als wäre ich auf einer einsamen Insel gestrandet. Schlimmer. Auf einem einsamen Planeten. Wo sollte ich hin? Ich hätte zu meiner Familie nach England fliegen können, aber ich wollte in München bleiben, um Bass so oft wie möglich im Krankenhaus zu besuchen. Die Tacks hatten mir angeboten, bei ihnen zu wohnen, aber was sollte ich allein bei den Eltern meines Freundes?

Sarah putzte sich die Nase und sah mich aus verquollenen Augen an. „Du möchtest am liebsten nach Hause, stimmt's?"

Ich nickte seufzend. „Aber da wohnen ja nun diese Leute aus Cornwall."

Unser Hinterhofhaus mit der tollen Dachterrasse gehörte für die nächsten zwei Wochen einer Familie, mit der meine Eltern über eine Internet-Haustauschbörse das Domizil getauscht hatten.

„Die Youngbloods", sagte Sarah. „Deine Mutter hat mir erzählt, dass sie zu dritt sind. Dein Zimmer wäre also noch frei. Und falls sie dir nicht sympathisch sind, kannst du jederzeit bei uns anklopfen."

„Danke." Ich war so erleichtert, dass ich mich von Sarah sogar in den Arm nehmen ließ.

Helmut legte das Telefon weg. „Mensch, Mike, warum musstet ihr diesen Unfug machen?"

Das fragte ich mich schon die ganze Zeit. „Es war eine blöde Idee", gab ich zu. Dass die Idee von Bass stammte, behielt ich für mich.

„Dein Surfbrett ist übrigens nicht wieder aufgetaucht. Der Polizist meint, dass sich das bestimmt jemand unter den Nagel gerissen hat."

Ich schluckte meinen Kummer hinunter. Der Verlust tat weh, aber was Bass passiert war, war schlimmer.

Ich nahm meinen Koffer, bedankte mich bei den Tacks und ging heim. Es war ja nur um die Ecke. Dort kramte ich den Schlüssel aus der Jeanstasche und schloss das Tor auf, durch das man in den Hinterhof gelangte. Es war wie Heimkommen und dann doch wieder nicht … Blöde Situation. Ich durchquerte das Vorderhaus und trat in den Hof, der gleißend hell in der Mittagssonne lag.

Alles in mir sehnte sich nach Meer und Wellen. Nächstes Jahr wieder, tröstete ich mich und ging zögernd zur Haustür, vorbei an einem Wagen mit englischem Nummernschild. Ein ziemlich großer Wagen für eine dreiköpfige Familie, fast schon ein Kleinlaster. Die Heckklappe stand offen. Ich warf einen Blick hinein und sah zwei Holzkisten.

„We've been expecting you", sagte jemand leise.

Ich wurde erwartet?

Ich drehte mich um und starrte in riesige, verspiegelte Brillengläser. Sie gehörten zu einer Frau, die bleich war wie die Wand. Zusätzlich zur Sonnenbrille trug sie einen breitkrempigen Sonnenhut, ein langärmliges, bodenlanges Kleid und Handschuhe.

„Äh, ich, äh …", sagte ich erst einmal dümmlich, schwieg dann lieber und hörte brav zu. Gott sei Dank war Englisch eines meiner Spitzenfächer.

„Du bist Michael Weber, nicht wahr." Die Stimme der Frau klang dünn, aber freundlich. Obwohl sie Engländerin war, hatte sie einen Akzent, vielleicht kam sie aus einer Gegend, in der ein Dialekt gesprochen wurde. „Deine Mutter hat uns Bescheid gesagt, dass du wieder hier wohnen würdest, weil deine Reise ins Wasser gefallen ist."

Es verblüfft mich immer wieder, wie gut Mütter-Telefonketten funktionieren. Gestern Abend hatte Sarah Tack meine Mutter in England angerufen, um ihr zu erzählen, was passiert war. Und nun musste sie auch noch die Information nachgeliefert haben, dass ich auf dem Weg nach Hause war, woraufhin meine Mutter wohl gleich Mrs Youngblood Bescheid gesagt hatte.

„Hallo, Mrs Youngblood", sagte ich höflich.

„Du kannst mich Julia nennen."

„Oh, wunderbar, jemand, der mithelfen kann." Der Mann, der sich da über mein Erscheinen freute, war deutlich älter als Julia Youngblood. Seine Haare waren an den Schläfen schon weiß. Sein Hemd hing halb aus der Hose und seine Schnürsenkel waren offen. Er war ungekämmt, schlecht rasiert und verschwitzt, aber seine Augen mit den tiefen Lachfalten sahen gewitzt und intelligent aus. „Könntest du bitte diese Kiste tragen?", fragte er mich. „Julia nimmt dafür deinen Koffer." Der

Mann streckte eine schwielige Hand aus. „Ich bin Everett. Schlimmer Unfall, ganz ganz schlimm.“

Ich brauchte einen Moment, um zu kapieren, dass Everett Youngblood auf die Eisbachwelle anspielte. „Ja, das war ein großer Schock.“ Ich ergriff erst die angebotene Hand, dann nahm ich eine Kiste hoch. Sie war nicht so schwer, wie ich befürchtet hatte.

„Wo soll ich sie hinbringen?“, fragte ich über den Rand hinweg.

„Nach oben.“

Everett folgte mir mit der anderen Kiste. Wir ächzten die enge Treppe hoch.

Was mochte da wohl drin sein? Ich wollte gerade fragen, da öffnete sich die Tür zum Zimmer meiner Schwester und ein Mädchen kam heraus, etwa in meinem Alter. Sie hatte riesige, dunkle Augen und glänzende, blonde Haare mit weißen und grellroten Strähnchen, die sie stachelig nach oben gegelt trug. Sie war so zierlich wie Julia, aber nicht ganz so blass, und auch ihre Stimme klang solide, als sie sagte: „Achtung, der Teppich.“

Sie bückte sich und schob den langen Flokati zur Seite, der auf den Holzdielen im oberen Flur lag. Von dort ging es in den Wintergarten, der zur Dachterrasse führt. Drei Kisten hatten bereits den Weg hierher gefunden.

Ich stellte die Kiste ab, drehte mich um und schaute in große Augen. Verlegen wollte ich den Blick senken, da grinste das Mädchen mich an.

„Ich weiß, dass ich seltsam aussehe. Aber ich steh auf verrückte Frisuren. Mein Dad hat mich Nova genannt, weil es ihn an eine Supernova erinnert. Er ist Astrophysiker. Und ich dachte: Dann probiere ich doch mal aus, ob ich mir eine Supernova-Frisur machen kann."

Was redete sie da für wirres Zeug? Supernova! War das eine weibliche Version von Superman? Und was hatte das damit zu tun, dass ihr Vater Astrophysiker war?

Sie zwinkerte fröhlich und klopfte mit den Fingerknöcheln auf eine der Kisten. „Wir sind keine Schmuggler, falls du das denkst. Aber frag lieber nicht, was da drin ist. Am besten wunderst du dich über gar nichts, vor allem nicht über meine Mum."

Die rief in dem Moment mit ihrer dünnen Stimme kaum hörbar von unten: „Zeit zum Mittagessen."

Everett sagte, er müsse sich erst frisch machen. Nova und ich gingen zusammen runter.

Es war seltsam, eine fremde Frau in unserer hellen Holzküche werkeln zu sehen. Ich blieb in der Tür stehen und beobachtete Julia, die mit gesenktem Kopf Salatblätter zupfte. Ohne Hut, Handschuhe und Sonnenbrille bekam ich einen besseren Eindruck von ihr. Die weiße Haut ihrer Hände schimmerte fast grünlich, oder bildete ich mir das ein? Als sie aufsah, wäre ich beinahe erschrocken zurückgewichen. Julias dunkle Augen waren noch größer als die von Nova und wirkten wie riesige Löcher in ihrem wachsweißen Gesicht.

Nova deckte den Esstisch für vier. Ich sagte artig: „Sie brauchen nicht für mich mitzukochen. Das ist jetzt Ihr Ferienhaus. Tun Sie einfach so, als wäre ich nicht da. Ich kann mir selbst was machen oder mir was bestellen."

„Ach was, du darfst gerne mitessen." Nova lächelte.

Everett kam aus dem Bad. Er sah noch immer ziemlich aufgelöst aus, aber er roch jetzt nach Seife. „Na sicher darf er das." Everett drückte mich auf einen Stuhl, dann ging er Julia ablösen. „Komm, setz dich, Liebling. Dir muss furchtbar schwindelig sein."

Julia lächelte dankbar und setzte sich neben Nova. Ich hätte schwören können, dass ein grüner Schimmer über ihren Wangen lag.

Es gab Salat ohne Salatsauce, Pommes aus dem Backofen, Würstchen und rote Grütze aus der Schüssel, die meine Mutter nur dann herausholt, wenn mehr als acht Personen zu Besuch kommen oder wenn sie Salat für ein Schulfest stiftet. Wer sollte diese ganze Grütze essen?

Everett schob Julia die Schüssel hin und die begann zu löffeln und dabei wohlig zu seufzen.

Ich merkte, dass ich sie mit offenem Mund anstarrte. Ich hatte noch nie einen Menschen derart schlingen sehen. Julia aß wie ein hungriges Tier. Und dabei schmatzte sie nicht einmal! Völlig lautlos schob sie sich Löffel um Löffel in den Mund, schluckte, schob nach. Ob sie an Ess-Brechsucht litt? Oder trainierte sie für ein Wettessen?

Doch es schien ihr gut zu tun. Ein Hauch von Rosigkeit legte sich über ihre Wangen, ihre Augen begannen zu leuchten.

„Wo hast du diese Beeren her?", fragte sie Nova. „Sie sind so aromatisch. Fast so gut wie *Glowberries*."

Ich hatte noch nie von *Glowberries* gehört. Auf Deutsch müssten sie Glühbeeren heißen. Wenn es die gäbe, hätte ich das doch wissen müssen.

„Da ist so ein großer Markt ganz in der Nähe", sagte Nova.

„Der Viktualienmarkt", erklärte ich. „Eine der Hauptattraktionen von München. Aber dort ist alles ziemlich teuer."

„Das spielt keine Rolle." Julia entblößte lächelnd ihre Zähne, strahlend weiß, aber ziemlich klein. Kinderzähne in einem Erwachsenenmund. „Diese Beeren sind ihr Geld echt wert. Tausendmal besser als die in Cornwall. Dort lebe ich fast nur von Konserven."

Ernährte Julia sich etwa ausschließlich von roter Grütze? Befand sich in den geheimnisvollen Kisten ein Urlaubsvorrat? Nein, dazu waren die Kisten zu leicht.

Ich spürte ein Kribbeln zwischen den Schulterblättern. Ich war oft genug mit meiner Familie in England gewesen, um zu wissen, dass die Briten ein Völkchen von ganz besonderem Schlag waren, aber so merkwürdig waren sie nun auch wieder nicht. Mit den Youngbloods stimmte etwas nicht. In mir stieg eine Ahnung hoch: Hier gab es ein Geheimnis zu lüften. Statt Surfurlaub auf Teneriffa hatte ich jetzt Detektivurlaub im eigenen Haus!

Vor dem Schlafengehen fühlte ich mich in meinen Ahnungen absolut bestätigt. Die Youngbloods hatten den ganzen Nachmittag und Abend überhaupt nichts von dem getan, was Touristen eigentlich tun sollten. Kein Sightseeing, keine Spaziergänge, kein Shoppingbummel. Everett hatte viel telefoniert und mit roter Kreide seltsame Muster auf das Holz der Dachterrasse gezeichnet. Julia hatte herumgesessen und gelesen. Nova war zum Viktualienmarkt gegangen, um Beeren zu kaufen, denn Julias Appetit auf rote Grütze war echt gigantisch.

Ich fuhr meinen PC hoch. Zeit für Recherchen. Ich hatte nur wenige Möglichkeiten, etwas herauszufinden, denn ich wollte ungern dabei erwischt werden, wie ich das Gepäck der Youngbloods durchstöberte oder mich an den geheimnisvollen Kisten zu schaffen machte. Aber es gab ja noch das Haus in Cornwall, das den Youngbloods gehörte, und dort war meine Familie. Meine grosse Schwester Anja war von Natur aus so neugierig wie ich. Sie hatte ihr Tablet dabei, also schrieb ich ihr eine E-Mail. Ich sparte mir lange Vorreden, denn Anja mochte es, wenn man gleich zur Sache kam.

Hi Schwesterchen,

Ich brauche deine Hilfe. Top Secret. Sag unseren Eltern nichts. Okay?

Mit den Youngbloods stimmt etwas nicht. Sie sind mit einem Kastenwagen voller Kisten angereist, fünf Stück insgesamt. Die Kisten sind nicht besonders schwer. Das weiß ich, weil ich eine reingetragen habe. Was mag da wohl drin sein?

Wie ist denn das Haus der Youngbloods? Gibt es darin irgendetwas Auffälliges? Vielleicht entdeckst du Dokumente oder Unterlagen, die erklären können, was mit Julia los ist. Sie ist spindeldürr und hat winzige Zähne. Außerdem ist sie leichenblass. Ihre Haut schimmert sogar grünlich, total irre, als wäre sie ein Geist oder so. Aber wenn sie rote Grütze isst, wird ihre Haut vorübergehend rosig. Und sie isst Unmengen davon.

Everett ist Astrophysiker, sieht aber eher wie ein Bauarbeiter aus. Nova, die Tochter der beiden, scheint ganz in Ordnung zu sein. Die einzig Normale in der Familie. Nur ihre Haare sind merkwürdig. Ach ja, und ihre Augen sind groß wie Untertassen.

Gruß, Mike

Ich schickte die E-Mail ab und recherchierte selbst ein bisschen. Ich googelte *Glühbeeren* und *Glowberries*. Ich fand alles Mögliche, vom Angelzubehör bis zum Weihnachtsbaumschmuck, aber etwas Essbares war nicht dabei. Wieder spürte ich das Kribbeln zwischen den Schulterblättern und sah im Posteingang nach, ob Anja schon geantwortet hatte.

Hi Mike,

das Haus der Youngbloods ist ein stinknormales Cottage ohne irgendwelche Auffälligkeiten. Du musst dir das einbilden.

... Ha, reingelegt! ;-)))))

Also, ich hatte mich schon gründlich umgesehen, bevor du mir gemailt hast, und habe den Eindruck, dass die Youngbloods völlig vom Mars besessen sind. Also, vom Planeten Mars, nicht vom Schokoriegel.

Ich schlafe in Julias Zimmer. Die Wände sind voller Marsposter. In einem Regal stehen reihenweise Ordner mit Ausschnitten aus Wissenschaftsmagazinen. Und in allen geht es um den Mars.

Im Wohnzimmer ist eine Bücherwand voller Literatur über den Mars. Da geht es um bemannte Marsflüge und die Frage, ob sie möglich sind. Wie man den Roten Planeten kolonialisieren könnte. Ob es dort Leben gibt. All so was.

Auch ältere Bücher, in denen man noch glaubte, dort würden kleine grüne Männchen leben. Grün ... hm ... ob denen rote Grütze helfen würde? LOL.

Also, behalte die Youngbloods weiter im Auge. Ich schau mal, ob ich hier noch was entdecke.

Ich grinste. Novas Haare sahen wirklich aus wie ein explodierender Stern.

/3/

Ein konspiratives Treffen

Am nächsten Morgen gönnte ich mir etwas Besonderes: eine Tiefkühlpizza zum Frühstück. Meine Mutter wäre ausgerastet, aber Julia, die sich zu jeder Mahlzeit rote Grütze reinzog, würde mir bestimmt keinen Vortrag über ausgewogene Ernährung halten.

Tatsächlich machte niemand eine blöde Bemerkung, als ich die dampfende Pizza aus dem Backofen holte und genüsslich in handliche Stücke teilte. Everett briet Spiegeleier und Nova mixte sich ein Müsli mit extra vielen Rosinen. Was für ein Festschmaus!

Ich schaute mir die drei Gäste genau an. Everett schien ein ganz normaler, bodenständiger Mensch zu sein, aber Julia und Nova kamen mir vor, als wären sie nicht so recht von dieser Welt. Allein diese Augen! Ob sie genetisch veränderte Menschen waren, die sich auf eine Marsmission vorbereiteten? Aber wozu machten sie Urlaub in München? Ob es mit dem Deutschen Museum zu tun hatte, das bei uns ums Eck liegt? Immerhin gibt es dort große Abteilungen zur Astronomie und zur Raumfahrt. Sogar ein echtes Weltraumklo kann man bestaunen.

Nach dem Frühstück fragte Nova, ob ich ihr ein bisschen was von der Stadt zeigen könnte. Ich nickte eifrig. Doch dann klingelte das Telefon. Bass war dran. Weil meine Finger klebrig waren, ließ ich das Telefon in der Ladestation und machte den Lautsprecher an.

„Hi, wie läuft's?", fragte Bass.

„Prima. Und deine OP?"

„Ich hab sie total verpennt", witzelte er. „War halb so schli-iimm."

Ich bemerkte, dass Nova plötzlich aufmerksam zuhörte.

„Mum hat mir gesagt, dass du jetzt wieder daheim bist, zusammen mit der Austauschfamilie", sagte Bass. „Tut mir leid, dass ich uns den Urlaub versaut habe. Dad war auf hundertachtzig. Und Mum heult die ganze Zeit. Das ist so nervi-iig."

Auch Julia lauschte jetzt aufmerksam. Hatten die noch nie jemanden reden gehört, der im Stimmbruch war?

„Ich schau nachher mal bei dir vorbei."

„O ja, und bring was zum Lesen mit. Ich langweile mich zu Tode. Immerhin sind ein paar der Krankenschwestern ganz schnuckelig. Oh, sind auf deinem Handy noch unsere Urlaubsfotos von letztem Jahr? Die würden mich jetzt aufmuntern."

Eine halbe Stunde später war ich bei Bass im Krankenhaus, mit Nova im Schlepptau. Jetzt war es Bass, der große Augen machte, groß wie Untertassen.

„Das ist Nova", stellte ich sie auf Englisch vor. „Und das ist mein Freund Bass."

„Hey." Bass setzte sich so aufrecht hin, wie es sein Liegegips zuließ. „Das nenne ich eine nette Überraschung."

„Schlimmer Unfall, hm?" Nova deutete auf den Gips. „Mike hat mir alles erzählt. Du bist ja ein richtiger Teufelskerl, dass du dich auf diese gefährliche Welle gewagt hast."

Angesichts von Novas Redeschwall runzelte ich die Stirn.

„Wir haben dir Erdbeeren mitgebracht", plapperte sie munter weiter. „Bass ist ein witziger Name."

„Ist mein Spitzname. Eigentlich heiße ich Sebastian."

Ich holte zwei Stühle, schob sie neben das Bett und gab Bass mein Smartphone mit den Urlaubsfotos, die wir gemeinsam anschauten. Sofort packte mich Fernweh, denn gleich auf dem ersten Bild sah man Bass und mich am Strand stehen, jeweils mit einem Surfbrett im Arm, noch ganz bleich, weil das Bild am Tag der Ankunft entstanden war. Ein paar Bilder später waren wir braungebrannt und hatten aufgeschürfte Knie. Bass, blond und breitschultrig, sah mit Sonnenbrille wie der perfekte Surfer aus. Und ich hätte mit meinen schwarzen Haaren glatt als Spanier durchgehen können, wenn da nicht die blauen Augen gewesen wären.

Bass erzählte Nova Anekdoten von den zurückliegenden Urlaubsreisen, leider ausschließlich solche, in denen ich keine besonders gute Figur machte. Nova hing geradezu an seinen Lippen. Als sie zwischendurch aufs Klo ging, beugte ich mich verschwörerisch vor. „Wie findest du Nova? Sind dir ihre Augen aufgefallen?"

Bass hielt die Hände wie BH-Körbchen vor seinen breiten Brustkorb. „Meinst du *diese* Augen?"

„Lass den Quatsch. Ich meine es ernst. Ihre Mutter isst nur rote Grütze. Und die ganze Familie ist besessen vom Mars. Das hat mir Anja gemailt. Was sagst du dazu?"

„Dass dein Hirn offenbar immer noch unter Tiefkühlschock steht nach dem Eisbachunfall. Du ti-iickst doch nicht richtig." Dann senkte auch Bass die Stimme und wurde ganz ernst. „Dass ich dein Board verloren habe, tut mir wahnsinnig leid. Ich spar dir ein neues zusammen. Versprochen!“

Ich drückte seine Schulter. „Ist doch nicht deine Schuld. Wäre alles nicht passiert, wenn dich Timo und seine Idiotenbande nicht abgelenkt hätten.“

Als Nova und ich am Abend heimkamen, meinte ich, Plattfüße zu haben, so groß wie Surfbretter. Nach dem Besuch im Krankenhaus waren wir durch halb München gestreift, denn Novas Wissensdurst schien unersättlich.

Sie zog ihre Sandalen aus und warf sie knapp am Schuhregal vorbei. „Danke für den tollen Tag. Ich hüpf dann mal unter die Dusche.“ Sie ging die Treppe hoch.

Eine Erfrischung hatte ich auch nötig, darum holte ich mir in der Küche eine Cola.

Aus dem Wohnzimmer waren Stimmen zu hören. Everett klang steif wie ein Geschäftsmann. So redete er bestimmt nicht mit Julia. Ob sie Besuch hatten? Ich stellte die Flasche ab und lauschte.

„... größer als erwartet, Dr. Soltner“, beendete Everett seinen Satz. „Die Reise hat sich wirklich gelohnt.“

Ich wagte kaum zu atmen. Waren die Youngbloods hauptsächlich nach München gekommen, um sich mit diesem Dr. Soltner zu treffen?

Die Tür vom Wohnzimmer zum Flur ging auf. Ich drückte mich näher an den Kühlschrank, damit man mich durch die halb offene Küchentür nicht sehen konnte. Mein Herz klopfte wie verrückt.

„Es war ein Vergnügen, mit Ihnen Geschäfte zu machen“, sagte eine fremde Männerstimme auf Englisch mit starkem deutschem Akzent. Das musste Dr. Soltner sein. „Falls Sie weitere Stücke für Ihre Sammlung brauchen, lassen Sie es mich wissen. Auf Wiedersehen, Mr und Mrs Youngblood."

Kaum hatte sich die Haustür hinter Dr. Soltner geschlossen, hörte ich Julia aufschluchzen.

„Wie sich das anfühlt. Endlich ein Stück Heimat. Ich wusste gar nicht, wie sehr ich alles dort vermisse. Oh, Everett!" Weitere Schluchzer folgten und entfernten sich die Treppe hoch.

Ich atmete aus und wartete, bis alles im Haus still geworden war, dann schlich ich auf mein Zimmer. Die Aura des Geheimnisvollen, die von den Youngbloods ausging, ließ mich vorsichtig sein.

Ich wollte Anja von den neuesten Entwicklungen berichten, doch sie war mir zuvorgekommen.

Hi Mike,

Erfolg auf der ganzen Linie! Hör mal, was ich rausgefunden habe:

Julia ist eine Frau voller Rätsel und Geheimnisse. Sie taucht Mitte der Neunziger Jahre zum ersten Mal auf einem Foto auf. Über ihre Kindheit und Jugend gibt es keine Fotos oder Dokumente. Vielleicht ist alles mal in einem Feuer verloren gegangen, bevor sie Everett kennenlernte.

Dann ihre Schwangerschaft - die war wohl sehr schwierig. Ab dem dritten Monat musste sie liegen, durfte auf keinen Fall aufstehen.

Auch Nova ist seltsam. Ich habe Ordner gefunden mit ihren Zeichnungen, die sie als Kind gemacht hat. Ich habe einige abfotografiert und angehängt.

Ich öffnete die Dateien. Nova musste als Kind eine blühende Fantasie gehabt haben, denn ihre Bilder zeigten unterirdische Städte, bevölkert von grünen Katzen, mit Pflanzen, die von oben nach unten wuchsen und leuchteten wie Glühbirnen.

Dass Everett sich für den Mars interessiert, ist für einen Astrophysiker nicht ungewöhnlich. Das geht so weit, dass er versucht hat, Steine von dort zu bekommen. Er hat Briefe geschrieben und Kopien davon abgeheftet, die habe ich entdeckt. Aber er bekam nur Absagen. Von der NASA, von Meteoritensammlern und allen möglichen Experten auf dem Gebiet.
Gibt's bei dir was Neues?
Bye, Anja

Marsgestein! Na klar. Das musste es sein, was Everett von Dr. Soltner gekauft hatte. Mal sehen, was das Internet über den Mann hergab.

Ich hätte am liebsten laut Bingo gerufen, als ich fündig wurde, und mailte Anja:

Wir sind auf einer heißen Spur!
Die Youngbloods hatten heute Besuch von einem Dr. Soltner. Er ist Geologe im Ruhestand. Er hat viele Jahre in der Antarktis gearbeitet. Und nun rate mal, was man in der Antarktis findet: Meteoritenbruchstücke, auch solche vom Mars.
Ja klar, die findet man anderswo auf der Erde auch, aber im ewigen Eis fallen sie eher auf und werden auch als solche erkannt.
Ich vermute, dass Dr. Soltner den Youngbloods Marsgestein verkauft hat. Julia war deswegen ganz aus dem Häuschen. Sie hat sogar geweint und gemeint, es würde sich anfühlen wie ein Stück

Ich versuchte, meine Gedanken zu ordnen. Konnte es sein, dass Menschen längst eine Kolonie auf dem Mars gegründet hatten, ohne dass die Öffentlichkeit davon wusste? Ich schaute mir noch einmal die Bilder an, die Nova als Kind gemalt hatte. Darauf waren zwar keine kleinen grünen Männchen zu sehen, aber … grüne Katzen.

Ich war ganz zappelig vor Aufregung, genau wie damals, als ich mit sieben Jahren zum ersten Mal das Meer und die riesigen Wellen bestaunt hatte.

Schließlich ging ich auf die Dachterrasse, die im abendlichen Schatten lag. Nova saß in einem der alten Rattansessel und schaute zu den Sternen hoch, die am Abendhimmel sichtbar wurden.

„Schöner Abend", sagte ich und versuchte, meine Stimme ganz normal klingen zu lassen.

Nova, die den ganzen Tag vor Tatendrang geradezu übergesprudelt war, zuckte nur mit den Schultern.

„Was wollen wir morgen unternehmen?", erkundigte ich mich.

„Wir sind morgen nicht da. Meine Eltern planen einen … einen Ausflug." Sie senkte den Blick, als hätte sie ein schlechtes Gewissen. Und wieso die Pause vor „Ausflug"? Was planten sie wirklich?

Ich ließ mir mein Misstrauen nicht anmerken. „Okay. Dann passe ich inzwischen aufs Haus auf", versuchte ich witzig zu sein, aber Nova reagierte nicht darauf. Wo war ihre Fröhlichkeit hingekommen?

Aber was kümmerte es mich! Ich ärgerte mich, dass sie mich so faszinierte. Sie war doch nur ein Mädchen wie alle anderen auch. Albern, kichrig und zickig. Na ja, vielleicht nicht wirklich wie alle anderen. Vielleicht kam sie ja vom Mars!

Aristocat in Grün

Als ich am nächsten Morgen aufwachte, fühlte ich mich wie gerädert. Diese Nacht war alles andere als erholsam gewesen. Dafür hatten die hochgewachsenen Marsianer in meinem Traum zu echt gewirkt - und zu unerfreulich, mit riesigen Glupschaugen, skelettartigen Kieferpartien und ballongroßen Hinterköpfen mit einer Oberfläche, die aussah wie bloß liegende Gehirnwindungen. Der Traum war eine einzige Flucht vor ihren Laser-, Phaser- oder Wasauchimmer-Waffen gewesen, die alles in roter Glut aufgehen ließen, was ihnen in den Strahl kam. Nur knapp war ich immer wieder den fiesen Marsriesen entkommen, bis sie mich sogar auf Surfbrettern über das Meer gejagt hatten.

Ich setzte mich auf, massierte mir die Kopfhaut und stöhnte. Ich hätte mir den Videoclip, den mir Anja gestern noch gemailt hatte, besser nicht in Endlosschleife ansehen sollen: Marsmenschen, die nichts Besseres zu tun hatten, als die Erde in Schutt und Asche zu legen. Schreiend comicbunt und völlig unglaubwürdig! Leider nicht unglaubwürdig genug für mein Unterbewusstsein, das den Film im Traum munter weitergesponnen hatte.

Der Film war Schrott!, schrieb ich Anja, bevor ich die Nachricht öffnete, die sie mir noch mitten in der Nacht gemailt hatte.

Hi Mike,

ich hab noch was entdeckt. Die Youngbloods sind nicht nur verrückt nach roter Grütze, sondern auch nach Tee. Sie haben erst kürzlich eine größere Bestellung aufgegeben. Ich habe in einer Schublade den Lieferschein entdeckt. Fünf Kisten mit Assam, Darjeeling und Ceylontee, in Packungen mit je 50 Teebeuteln. Ich frage mich, wieso jemand ein Vermögen für Tee ausgibt. Selbst wenn man das Zeug literweise trinkt und außerdem darin badet, kann man nicht alles aufbrauchen, bevor es alt und fad geworden ist.

Im Küchenschrank sind aber nur zwei kleine Päckchen Darjeeling. Im Keller und auf dem Dachboden war auch keine Spur von den Kisten. Logische Schlussfolgerung: Jetzt wissen wir, was die mit deiner Hilfe in unser Haus getragen haben.

Ob sie einen Teeladen in München beliefern? Oder selbst einen eröffnen wollen? Aber dann würde man den Tee doch dort direkt hinliefern lassen.

Ob sie in den Kisten etwas schmuggeln - gut versteckt in den Teepäckchen? Vielleicht eine Droge mit üblen Nebenwirkungen: Man bekommt riesige Augen und eine grüne Hautfarbe, LOL

Bye, Anja

Die Youngbloods als Drogenschmuggler? So seltsam sie wirkten, das konnte ich mir nicht vorstellen. Vielleicht hatte Marsgestein ja eine heilende Wirkung, auf die Julia hoffte. Fein gemahlen in den Tee … Ich schüttelte mich. Es wurde Zeit, in die Kisten zu spähen! Gut, dass ich heute allein war und mich in aller Ruhe umsehen, vielleicht sogar einen Blick ins Schlafzimmer werfen konnte.

Das Bad war frei, die Küche leer. Die Youngbloods mussten schon vor einer ganzen Weile aufgebrochen sein. Allerdings ohne Auto, denn das stand noch im Hof. Dass sich Julia an einem so sonnigen Tag überhaupt aus dem Haus wagte, wunderte mich.

Egal, jetzt hieß es: Ran an die Kisten im Wintergarten!

Doch was mich im Wintergarten erwartete, ließ mich staunen. Schon durch die Glastür sah ich, dass die Kisten weg waren. Ungläubig öffnete ich die Tür und ging in den Wintergarten. Unter meinen Hausschuhen knirschte es.

Ich sah hinunter auf die hellen Holzdielen. Was da knirschte, was roter Sand. Eine feine Schicht, wie hereingeweht durch die offen stehende Dachterrassentür. Meine Mutter hätte aufgeschrien: „Das gibt Kratzer im Holz!", und wäre dem Sand sogleich mit dem Staubsauger zu Leibe gerückt. Vermutlich, ohne zu bemerken, dass sich im Sand seltsame Abdrücke zeigten. Ich ging auf alle viere. Wenn mich nicht alles täuschte, waren das die Spuren einer Katze. Ob Mauzi, die Nachbarskatze, übers Dach eingestiegen war?

Ich zückte mein Handy und fotografierte die merkwürdige Entdeckung von allen Seiten, um die Bilder an Anja zu schicken. Vielleicht kam ihr der rote Sand ja aus dem Cottage der Youngbloods bekannt vor. Denn woher sollte der Sand sonst stammen? Auf der Dachterrasse gab es höchstens Kieselchen, die die Ritzen zwischen den Steinplatten füllten.

Da fiel die Haustür ins Schloss. O Gott! Wenn die Youngbloods mich hier sahen, wie ich Beweisfotos von komischen Spuren machte, würden sie womöglich gar nicht mehr so nett sein. Am Ende waren sie tatsächlich Drogendealer, und solche Leute verstanden überhaupt keinen Spaß. Schritte eilten die Treppe hoch. Panisch warf ich den Flokati vom Flur auf den Sand. „Schwachsinnige Tarnung", ärgerte ich mich noch über meine unüberlegte Aktion, während ich mich bemühte, ein argloses Alltagsgesicht aufzusetzen.

Schon stand Nova in der Wintergartentür. Dass der Flokati in den Wintergarten gewandert war, schien ihr gar nicht aufzufallen. Sie hatte rote Augen. Rotgeweint. O nee, wie man mit weinenden Mädchen umging, hatte ich noch nie gewusst …

„Hast du einen …" Sie unterbrach sich. „Ich meine, ist dir was aufgefallen? Ein seltsames Tier vielleicht?" Ihre Stimme zitterte.

Ich schüttelte den Kopf. Höchstens die Abdrücke von Katzenpfoten, aber eine Katze konnte man ja wohl kaum als seltsames Tier bezeichnen. In Novas Gesicht spiegelte sich Verzweiflung. Noch bevor ich mich durchringen konnte, den Flokati zu lüpfen und Nova doch die Spuren zu zeigen, war sie schon wieder aus dem Wintergarten. Hörbar flog ihre Zimmertür zu.

Ich verstand gar nichts mehr. Warum war Nova überhaupt da? Sie hatte doch angekündigt, dass sie einen Ausflug machen würden. Wo waren ihre Eltern? Und die Kisten?

Okay, überlegte ich, Nova hatte geweint. Sie musste Kummer haben. Zoff mit den Eltern? Nee, die wären bestimmt nicht ohne sie weggefahren. Julia könnte krank geworden sein. So richtig fit erschien sie mir ja die ganze Zeit schon nicht. Vielleicht hatte Everett sie zum Arzt gebracht.

Plötzlich wurde ich aus meinen Gedanken gerissen. Oder vielmehr … geschnurrt. Ich fuhr herum und fasste nicht, was ich auf dem Flokati sah: eine Katze. Eine grün getigerte Katze! Auf der Stirn leuchtete ein weißes Fleckchen. Das war ja wie auf den Bildern, die Nova als Kind gemalt hatte! Ob es in England als schick gilt, seine Katzen grün zu färben?

Die dunklen Augen der Katze funkelten mich an. Dann zupfte dieses wirklich komische Tier wie verrückt am Flokati. Wäre ich nicht so verdattert gewesen, hätte ich die Katze augenblicklich weggescheucht. Ich wusste, wie schnell die Schafswollfäden, aus denen der Teppich bestand, sich lösten. Meine Mutter stöhnte jedes Mal, wenn sie einen der Fäden neben dem Flokati entdeckte, und stopfte ihn zu vielen anderen in eine Schublade. Vermutlich würde sie eines Tages zwei Wochen Urlaub nehmen, um alle Fäden wieder in den Flokati einzuweben.

Die Katze zog und zerrte am Teppich. Ein Flokati-Massaker!

„He, lass das, du Spinner“, entfuhr es mir. Aber die Katze scherte sich nicht darum. Sie ließ sich auch nicht verjagen, als ich mit den Armen wedelte und „Buh!“ rief. Ich konnte nur noch eines machen: Ich schlug den Flokati vor der Katze um. Vielleicht war die Rückseite ja weniger empfindlich.

Die Katze hörte augenblicklich mit ihrem Gezerre auf und blickte auf den Sand, der unter dem Flokati aufgetaucht war. Dann begann sie erneut zu schnurren. Aber wie! So laut hatte ich noch keine Katze schnurren gehört. Doch das war nicht das Seltsamste. Der Sand vor dem Tier geriet in Bewegung und zitterte im Schnurr-Rhythmus der Katze über den Boden. Und auch wenn sich das komplett verrückt anhört, formte sich der Sand zu Buchstaben. Mit offenem Mund starrte ich zwischen Sand und Katze hin und her.

„Can you read English?", stand da geschrieben. Die Katze blickte mich fragend an.

/5/

Sprechender Sand

Ich schaute vom Sand zu dem grünen Katzenvieh und wieder zurück auf den Sand. „Klar kann ich Englisch lesen.“

Ich hockte mich im Schneidersitz auf den umgeschlagenen Flokati, verwischte den Sand und schrieb mit dem Finger hinein: „Yes, I do.“

Wieder schnurrte der Kater und der Sand formte auf Englisch die Worte: „Ich kann dich verstehen, wenn du mit mir redest.“

„Aha.“ Ich war mir sicher, dass dieses Tier noch nie jemanden mit einem so dämlichen Gesicht gesehen hatte wie mich in diesem Augenblick. Falls ich es mit einem Außerirdischen zu tun hatte, der auf der Erde nach intelligentem Leben Ausschau hielt, zweifelte er vermutlich stark am Erfolg seiner Mission. Ich sollte mich besser zusammenreißen!

„Okay.“ Ich ließ meine Stimme etwas tiefer klingen, so richtig sonor und souverän. „Ich heiße Michael Weber. Man nennt mich Mike. Und wer bist du?“

„Ich bin ein Kater vom Mars und heiße Ear“

„Aha, es stimmt also. Es gibt auf dem Mars kleine grüne Katzen“, staunte ich, bevor ich mich räusperte, um staatsmännisch zu klingen: „Willkommen in München, Ear.“

„Nein, ich heiße Earl. Earl Grey.“ Der Kater wartete, bis ich das gelesen hatte. Dann zerschnurrte er die Schrift ins Unkenntliche, um gleich darauf einen neuen Satz hineinzuschreiben: „Der Sand hat vorhin nicht ganz gereicht.“ Die Schrift war diesmal ziemlich klein ausgefallen, dafür aber komplett.

Mann o Mann, wenn ich das Anja mailte! „Du bist also ein Earl?“ Das war ein englischer Adelstitel, so was wie ein Graf. „Du bist adlig, ja?“

„Nein. Earl Grey ist eine Teesorte. Meine Schwester heißt Darje“

„Darjeeling?“, beendete ich den Satz für ihn, da der Sand schon wieder nicht reichte.

Novas Zimmertür ging auf. Sie entdeckte den Kater und ihre Augen wurden so groß und strahlend, dass sie von innen zu leuchten schienen. „Oh, wie schön, du hast den Kater gefunden, Mike.“

„Hast du ihm den Namen Earl Grey gegeben?“, fragte ich. „Warst du auf dem Mars? Und wie kommt ein Marskater hierher?“

„Er gehört mir nicht“, sagte Nova und ließ meine Fragen unbeantwortet.

„Du kannst mich Early nennen“, bot der Kater an.

Nova hockte sich hin und streichelte Early, der sogleich in den Sand schnurrte: „Menschen sind überall gleich. Sie müssen Katzen unbedingt streicheln.“

Schnell zog Nova die Hand weg. „Tut mir leid, das ist ein Reflex.“

„Warte mal“, stutzte ich. „*Menschen sind überall gleich*, hat er geschnurrt. Heißt das, dass es auf dem Mars Menschen gibt?“

Nova nickte zögerlich.

„Ich glaube, du musst mir einiges erklären.“

Nova stand auf und kaute eine Weile auf ihrer Unterlippe. „Okay, aber es ist eine lange Geschichte.“

„Wir gehen besser in die Küche“, beschloss ich. Ohne Frühstück würde ich die zweifellos größeren

Eröffnungen von Nova und Early nicht durchstehen. Mein Magen knurrte schon.

Early folgte uns bis zur Treppe, dann blieb er stehen und streckte vorsichtig eine Pfote aus.

„Ich glaube, Early hat ein Gewichtsproblem, weil die Anziehungskraft auf der Erde dreimal so groß ist wie die auf dem Mars." Nova bückte sich. „Ich trage ihn."

„Warte mal, darf ich?" Ich hob den Kater hoch. Ob das grüne Fell genauso weich war wie das von irdischen Katzen? Ja, es fühlte sich wunderbar an. Ich wollte Early gar nicht mehr loslassen, als wir in der Küche angelangt waren. Behutsam setzte ich den Kater auf den Esstisch.

Early blickte sich um.

Ich schenkte mir ein Glas Milch ein. „Mögt ihr auch?", fragte ich Nova und den Kater.

Nova nickte. Early tapste auf dem Tisch herum.

„Ah, er braucht ja was zum Reden", fiel mir ein. Ich holte die Zuckerdose aus dem Küchenschrank und streute großzügig Zucker auf den Tisch. „Geht es damit?"

Early schnurrte. Im Zucker erschien: „yrt ll'I."

„Häh? Ach so. Das ist rückwärts. Du wolltest sagen: ,I'll try'."

„spoO", erschien im Zucker. Early schüttelte sich, dann korrigierte er: „Oops. Ach, jetzt klappt es. Weißer Sand, cool."

„Das ist Zucker", erklärte ich. „Wie wäre es jetzt mit etwas Milch?" Ich deutete auf mein Glas.

„Weißes Wasser. Ist das alles seltsam hier. Wo bin ich? Wo ist dieses München?"

„Auf der Erde."

„Wie ich es mir gedacht habe! Die Erde kenne ich aus dem Museum. Hier ist alles so weiß. Das blendet und", schnurrte Early, bis der Zucker komplett vollgeschrieben war.

Vielleicht hätte ich dem geschwätzigen Kater nicht so viel Fläche zum Schreiben geben sollen, überlegte ich.

Nova füllte Leitungswasser in ein Glas. „Habt ihr Strohhalme, Mike?"

„Zweite Schublade neben dem Herd", antwortete ich automatisch, während ich mit dem Zeigefinger unruhige Muster in den Zucker malte.

Nova angelte drei Strohhalme aus der Schublade und versenkte sie in unseren Gläsern. Early streckte den Kopf vor, klemmte sich den Strohhalm zwischen die Zähnchen und schlürfte genüsslich.

Nova tat es ihm gleich. „Kuhmilch würde er nicht vertragen. Auf dem Mars kennt man nur Wasser, Tee und Glühbeerensaft", erklärte sie. „Unter Katzen gilt es außerdem als sehr unvornehm, ohne Strohhalm zu trinken."

Ich nickte verständnisvoll, obwohl es dafür wahrlich keinen Grund gab: Ich saß am Küchentisch mit einem Mädchen, das schrillere Haare hatte als jeder Punk, und mit einem grün getigerten Marskater, der in Sand und Zucker englische Sätze schnurrte und zufrieden an einem Strohhalm saugte. Auweia! Das konnte doch nur bedeuten, dass ich gar nicht heil aus dem Eisbach herausgekommen war, sondern im Koma lag und bizarre Träume hatte.

Ich klammerte mich an die Fakten. „Also, auf dem Mars wachsen Glühbeeren." Ich sah Nova skeptisch an.

„Du und deine Mum, ihr seid vom Mars, ja? Gibt es dort eine Kolonie?“

„Noch nicht. Aber im Jahr 2060 wird eine Gruppe von Engländern den Mars kolonialisieren.“

„Erst in der Zukunft?“ Mein Gedankenkarussell drehte sich immer schneller. „Hat dein Vater eine Zeitmaschine erfunden?“

„Nein. Wie wäre es, wenn du mich einfach erzählen lässt, was auf dem Mars passiert ist. Ich erzähle es so, als läge es in der Vergangenheit. Denn für meine Mum ist es auch so. Du wirst am Ende alles verstehen.“

„Na gut, dann halte ich den Mund.“

Early schnurrte und der Zucker formte die Worte: „Und ich halte den Zucker.“

Nova grinste und kraulte ihn zwischen den Ohren, was er sich gern gefallen ließ. „Ich weiß, dass sich für dich alles völlig verrückt anhören wird, aber unser kleiner grüner Freund hier ist der lebende Beweis für meine Geschichte. Also, im Jahr 2060 machte sich eine Gruppe von Engländern mit einem Raumschiff auf den Weg zum Mars, um ihn zu besiedeln. Es war eine private Mission. Die NASA und die ESA gab es schon nicht mehr. Die Menschheit hatte genug andere Probleme und konnte sich kein Raumfahrtprogramm mehr leisten. Aber Terence Selby, ein reicher englischer Lord, hatte von klein auf geträumt, eines Tages auf dem Mars zu leben. Er heuerte aus der ganzen Welt Astrophysiker, Raketenforscher, Techniker, Biologen, Geologen, Ärzte und so weiter an. Allesamt Genies auf ihrem Gebiet. Auf dem Mars gab es bereits eine Menge Nützliches, das bei zwei vorangegangenen bemannten Missionen zurückgelassen worden war.“

„Und was haben die bemannten Missionen dort gefunden? Die grünen Katzen?“

Early machte ein glucksendes Geräusch und kleine Wellen erschienen im Zucker.

„Er kichert.“ Nova grinste. „Nein, in beiden Fällen brachte man nur Gestein zurück. Es hieß, es gäbe kein Leben auf dem Mars. Darum nannte Selby seine Mission *Leben für den Mars*. Sie brachen in vier Raumschiffen auf.“

„Was für ein Abenteuer!“ Da war ein Ritt auf der Eisbachwelle doch ein Klacks dagegen. „Und sind alle Schiffe heil dort angekommen?“

„Ja. Es gab natürlich alle möglichen Probleme, aber es gelang ihnen, dort eine Biosphäre zu errichten, Nahrung anzupflanzen, Wasser und Sauerstoff zu recyceln und ihre eigene Welt zu errichten. Aber nach etwa zehn Jahren wurde die Biosphäre instabil. Sie schickten einen Notruf zur Erde und baten um neue Vorräte, doch niemand interessierte sich für die Nöte der Kolonisten auf dem fernen Roten Planeten.“

Ich hielt die Luft an, als ob eine Welle auf mich zurasen würde. Ich stellte mir vor, wie das war: auf einem Wüstenplaneten fern der Heimat, abgeschnitten von der Versorgung. Da herrschte die schiere Angst ums Überleben. „Was haben sie gemacht? Sind sie wieder zur Erde zurückgeflogen?“

„Es gab kein Zurück. Aus den vier Raumschiffen hatten sie ihre Behausungen errichtet. Alles war verwendet worden, bis zur allerkleinsten Schraube. Aber sie liessen sich nicht unterkriegen. Das waren schließlich mutige Menschen - Pioniere voller Ideen. Sie organisierten Suchtrupps, die sich umschauen sollten, ob sie irgendetwas fanden, das ihnen weiterhalf. Und sie entdeckten den Eingang zu einer Höhle, in der sie Geräusche hörten, die aus dem Gestein zu kommen schienen. Sie bohrten ein Loch hinein und dann …“

Ich atmete flach vor lauter Aufregung. „Ja, und dann?“

„Dann sahen sie einen roten Lichtschein. Sie erweiterten das Loch, bis sie hindurchschlüpfen konnten. Sie gelangten in ein weit verzweigtes Höhlensystem, in dem es von Leben nur so wimmelte. Dort unten, tief unter der Marsoberfläche, gab es eine Flora und Fauna, es gab Wasserläufe und atembare Luft. Den verzweifelten Kolonisten muss es vorgekommen sein, als hätten sie das Paradies entdeckt. Und so zogen sie aus ihrer defekten Biosphäre alle dorthin um und richteten es sich gemütlich ein. Hier wuchsen Pflanzen von der Decke nach unten. Sie hatten Tentakel, die in die Flüsse hinabhingen. Es gab Früchte, die rot leuchteten und so die unterirdische Welt erhellten.“

„Glühbeeren!“, rief ich dazwischen und klatschte in die Hände.

„Und dann lebte dort auch noch eine intelligente Spezies, die grünen Marskatzen, die sich in einer Schnurrsprache unterhielten. Sie benutzten das Schnurren sogar als Werkzeug. Mit den Vibrationen konnten sie aus Sand alles Mögliche bauen.“

Ganz plötzlich kam mir der Gedanke, dass ich gerade verarscht wurde. Early war wahrscheinlich nicht mehr als eine animierte Katzenpuppe. Die ganze Sache war eine unglaublich raffiniert eingefädelte Lügengeschichte, und demnächst würde der ganze Joke im Fernsehen gesendet werden. Timo würde mich auslachen, weil ich den Quatsch wirklich geglaubt hatte. Verstohlen sah ich mich nach einer versteckten Kamera um.

Nova erzählte unbeirrt weiter. „Die Kolonisten verstanden sich prächtig mit den Katzen, sie verehrten sie geradezu. Das gefiel den Katzen sehr. Schnell lernten sie, mit den Menschen zu kommunizieren, indem sie Worte aus Sand formten. Über viele Generationen hinweg entwickelte sich eine stabile Gesellschaft, die Menschen vermehrten sich, die Katzen passten sich ihnen immer mehr an. Aber dann kam es zu einer furchtbaren Krise." Sie hielt inne.

Early schlürfte lautstark das restliche Wasser vom Boden des Glases.

Mein Magen knurrte vernehmlich. Er brauchte dringend eine Pizza. Aber ich war unfähig, mich zu bewegen. Ich wollte nur wissen: „Sag schon, was ist passiert?"

Bitterer Tee

„Zu den Pflanzen, die die Kolonisten von der Erde mitgebracht hatten, gehörte Tee. Du hast vielleicht schon gehört, wie wichtig uns Briten unser Nachmittagstee ist“, sagte Nova. „Wie die Kolonisten herausfanden, schmeckte Tee ganz vorzüglich zu Glühbeerenkuchen. Leider ließ sich der Tee in den Höhlen nicht besonders gut kultivieren. Die Pflanzen veränderten sich immer mehr, da sie sich den veränderten Bedingungen anpassten. Die Stämme wurden dicker, die Blätter kleiner und immer bitterer.“

Ich hatte mindestens mit dem Angriff menschen- und katzenfressender Außerirdischer gerechnet, und jetzt sowas. „Nein! Bitterer Tee! Was für eine Katastrophe“, rief ich übertrieben entsetzt.

Nova merkte nichts von meinem Sarkasmus. „Du sagst es. Du weißt ja, alles was selten ist, wird besonders wertvoll. So kam es zu sozialen Spannungen.“

„Die haben sich um die letzten bitteren Teeblätter gestritten?“, wunderte ich mich.

„Das war nur der Auslöser. Letztlich ging es um Politik. Einige beschwerten sich, dass sie auf dem Mars leben mussten, weil ihre Vorfahren die Erde verlassen hatten. Andere verteidigten die alten Pioniere und feierten sie als Helden. Die Marsbewohner spalteten sich in zwei Lager.“

Early schnurrte in den Zucker: „Um den Menschen zu helfen, boten wir Ihnen unsere neueste Technologie an.“

Ich schaute das possierliche grüne Fellknäuel an und konnte nur den Kopf schütteln. Welche Art von Katzentechnologie mochte das bloß sein? Aufziehmäuse zur Ablenkung?

„Schau nicht so skeptisch", sagte Nova. „Die Marskatzen haben eine weit entwickelte Technologie, die allein auf Schnurren beruht."

Wenn das Mauzi wüsste. Die schnurrte nur zum Vergnügen und hatte keine Ahnung, was für Möglichkeiten darin steckten! Ich grinste.

„Kennst du die Serie *Stargate*, Mike? Das, was die Katzen den Menschen anboten, nannte sich *Moongate*. Damit beschafften die Katzen Bodenschätze - und zwar von den Marsmonden. Ganz ohne Raumschiffe."

"Ein Gate", staunte ich. "Also das ist wirklich verdammt clever."

Early schnurrte zustimmend.

"Und woraus besteht so ein Gate?"

"Aus sieben Purrolatoren und allerfeinstem Marssand", sagte Nova.

"Purrolatoren?" *Purr* heißt Schnurren. Also eigentlich Schnurrolatoren. Okay, ich wurde also doch verarscht.

"Ein Purrolator versetzt den Sand in ein kompliziertes Schwingungsmuster", erklärte Nova. „Wenn man sieben davon richtig anordnet und aktiviert, entsteht ein Gate, durch das man an entfernte Orte gelangen kann."

"Na klar", sagte ich so trocken, als hätte ich den Mund voller Marsstaub.

"Gleichzeitig reist man allerdings in der Zeit zurück", setzte Nova noch eins drauf. "Jedenfalls in der einen Richtung. Auf dem Rückweg wird man dann um dieselbe Zeitdifferenz in die Zukunft befördert. Für die Kolonisten vom Mars war das eine Chance, um auf die Erde zu gelangen."

"Um sich wieder hier anzusiedeln? In der Vergangenheit?", fragte ich. Ein Teil von mir wünschte sich, die ganze Sache wäre wahr. Ich nahm einen Schluck Milch und verschluckte mich im nächsten Moment, weil Nova sagte: "Nein, nicht um sich anzusiedeln, sondern um Tee zu besorgen."

"Um Tpffffeee zu besorgen." Aus meinem Mund sprühte ein feiner Milchnebel über den Tisch. "Das ist doch lächerlich."

So, jetzt brauchte ich endgültig eine Pizza. Ich holte eine aus dem Gefrierfach und schob sie in den Ofen. Nova schenkte sich noch ein Glas Milch ein.

Ich ließ mir alles durch den Kopf gehen. Purrolatoren und dazu eine Hand voll Sand vom Mars. Konnte man mit so einfachen Mitteln ein Tor erschaffen, das es einem erlaubte, durch Zeit und Raum zu reisen? Vielleicht konnte man das, denn so war Early wohl hergekommen - vom Mars und aus der Zukunft.

Hatte Nova nicht gesagt, für ihre Mutter lägen die zukünftigen Ereignisse auf dem Mars in der Vergangenheit? Klar, dann kam sie auch aus der Zukunft. Und auch vom Mars. Bis jetzt passte in der verrückten Geschichte alles zusammen.

Als die Pizza im Backofen Blasen warf, starrte Early fasziniert auf die Glasscheibe. „Was ist das für weißes Zeug?", wollte er wissen.

„Käse", gab ich zurück. Ich deutete auf meine Milch und erklärte: „Genau wie das, nur geronnen."

„Geronnenes weißes Wasser, igitt", schnurrte Early in den Zucker und verzog das Schnäuzchen.

„Ja, um Tee zu besorgen", wiederholte Nova. „Denn auf dem Mars schrieb man inzwischen das Jahr 2460. Über viele Generationen hinweg hatten sich die Kolonisten genetisch angepasst. Sie hatten schwächere Knochen, größere Augen und nahezu weiße Haut. Denkbar schlechte Bedingungen, um eine Rückkehr zur Erde zu riskieren. Sie wollten nur einen einzigen Menschen senden. Jemanden, der mutig und stark genug war, um sich der größeren Schwerkraft, dem Sonnenlicht und dem ungewöhnlichen Essen auszusetzen. Und dieser Jemand war Julia."

„Deine Mum?"

Nova nickte. „Sie war einundzwanzig und trainierte hart für ihre Mission."

Nova berichtete, wie ihre Mutter als junge Frau aufgebrochen war, ausgerüstet mit einem Vorrat an Marssand und sieben Purrolatoren, die auf die Frequenz für die Rückreise programmiert waren. Es war ein gefährliches Unterfangen, denn noch nie war ein Moongate für eine derart weite Reise verwendet worden.

Ich war so fasziniert, dass ich die Pizza vergaß, bis Early meldete: „Oh, jetzt ist das geronnene Wasser schwarz geworden."

Mist, die Pizza war hart wie Stein. Ich schaltete den Backofen aus und beförderte mein Frühstück in den Mülleimer.

Der Kater schien zutiefst enttäuscht darüber, dass er die Pizza nicht wenigstens beschnüffeln durfte. Nova seufzte und holte eine Schale rote Grütze aus dem Kühlschrank, dazu zwei Löffel. Zu Early sagte sie: „Hier, das dürfte dir auch schmecken.“

Er tunkte eine Pfote in das Gewabbel und schleckte sie ab. Schon steckte die Pfote erneut in der roten Grütze.

Während wir zu dritt aus der großen Schüssel aßen, berichtete Nova, dass Julia in Cornwall gelandet war, im Jahr 1995. Es war mitten in der Nacht und der einzige Mensch, auf den sie traf, war ein Astrophysiker, der mit seinem Teleskop auf einer Wiese die Sterne beobachtete. Everett Youngblood. Julia, die sich entsetzlich fühlte und merkte, dass sie allein nicht klarkommen würde, bat Everett, sie mit zu sich nach Hause zu nehmen. Im Verlauf der nächsten Tage vertraute sie sich ihm an. Er kaufte für sie einen Teevorrat. Dafür durfte er zusehen, wie sie das Moongate für die Rückreise aktivierte. Leider hatte sie nicht bedacht, dass es auf der Erde windig sein kann. Eine Böe riss den Marssand fort - und damit gab es für Julia keinen Weg zurück zum Mars.

„Augenblick mal“, fragte ich an der Stelle dazwischen. „Wieso hat sie das Moongate überhaupt im Freien aktiviert? In einem Haus wäre es doch sicherer gewesen?“

„Das haben sie natürlich zuerst probiert und dabei festgestellt, dass es nur im Freien funktioniert. Weißt du, das niederfrequente Schnurren der Purrolatoren kann zwar die kosmischen Verspannungen auflockern, die unsere Gegenwart von der marsianischen Zukunft trennen, aber irdische Hausmauern kann es anscheinend nicht durchdringen.“

Während ich noch krampfhaft versuchte, mir kosmische Verspannungen vorzustellen, erzählte Nova wieter, dass Julia bei Everett blieb. Die beiden verliebten sich und Julia wurde schwanger und brachte Nova zur Welt. Julia fühlte sich glücklich und wollte gar nicht mehr auf den Mars zurück. Doch ihr Körper war für das Leben auf der Erde nicht geschaffen. Sie wurde immer schwächer und kränker, hatte immer häufiger Schwindelanfälle.

„Und darum", sagte Nova, „hat Dad beschlossen, einen Weg zu finden, um Julia zum Mars zurückzubringen."

„Ach, darum brauchte er Marsgestein? Er wollte es mahlen und damit die Purrolatoren betreiben."

„Ja, aber woher weißt du davon?"

„Ich habe mitbekommen, dass Dr. Soltner hier war."

„Meine Pfoten sind dreckig", schnurrte Early dazwischen. Nova trug ihn zum Waschbecken und drehte den Wasserhahn auf. Doch anstatt sich die Pfoten säubern zu lassen, spielte Early begeistert mit dem Wasserstrahl und spritzte die halbe Küche nass.

Ich konnte ein Grinsen nicht unterdrücken. „Ja, genau so benimmt sich eine Spezies, die überragende Technologie hervorgebracht hat."

Blitzschnell drehte sich Early um, holte mit der Pfote aus und bespritzte mich mit Wasser.

„He!", rief ich und lachte. Diesen verrückten Kater hätte ich gerne mit in den nächsten Urlaub nach Teneriffa genommen. Da er nicht wasserscheu war, konnte man ihm vielleicht sogar das Surfen beibringen.

„Hört auf herumzualbern", sagte Nova streng, stellte das Wasser ab und setzte Early wieder auf den Tisch. „Ich habe ein Riesenproblem und brauche eure Hilfe. Letzte Nacht sind meine Eltern verschwunden."

Das Lachen blieb mir im Halse stecken. Betreten murmelte ich: „Wie ist das denn passiert?"

„Dad wollte unbedingt wissen, wie es auf dem Mars aussah. Ich auch. Wir wollten Julia begleiten. Schließlich bin ich Halbmarsianerin - und habe auf dem Roten Planeten Großeltern, die ich nur aus Mums Erzählungen kenne. Wir wollten gemeinsam durch das Moongate reisen. Zuerst ging Mum durch, um nachzusehen, ob es sicher war. Sie kam zurück und sagte, das Gate würde in ein Museum auf dem Mars führen. Alles sei in bester Ordnung. Jeder von ihnen nahm eine Kiste mit Tee und trug sie durch das Gate. Ich war schrecklich aufgeregt. Dieses Gate, das ist nichts, wo man einfach mal hindurchspaziert wie eine Tür. Es sieht eher aus, als würde man ins Nichts fallen. Dann kamen sie zurück und holten zwei weitere Kisten. Zuletzt kam Dad noch einmal allein durch das Gate, um die letzte Kiste zu holen. Er sprach mir Mut zu. Es sei ganz leicht und völlig ungefährlich. Er drehte sich um, ging ins Gate hinein und stolperte. Dann passierte alles ganz schnell. Eine grüne Katze erschien und knallte gegen einen Purrolator. Das Gate löste sich auf und schleuderte dabei den Sand von der Dachterrasse in den Wintergarten."

Early wackelte mit den Ohren, was sehr witzig aussah. Aber Nova war nicht zum Lachen zumute. „Jetzt sind meine Eltern auf dem Mars und ich bin hier. Was soll ich tun? Einfach warten, ob sie jemals wiederkommen?“

Ihre Augen wurden rot und feucht. Ich überlegte noch, wie ich sie trösten könnte, doch da wurde alles nur noch schlimmer. Denn Early schnurrte: „Ich glaube, sie sind auf dem Mars in großer Gefahr.“

Nova riss es fast vom Stuhl. Der Löffel fiel ihr aus der Hand. „Gefahr? Was denn für eine Gefahr?“

Satz für Satz schnurrte Early in den Zucker, was am Vorabend passiert war. Er lebte im Historischen Museum, in dem Ausstellungsstücke von der Kolonisierung des Mars zu sehen waren. Er war gerade bei seinen abendlichen Dehnübungen, als er ein dumpfes Poltern hörte.

Als ich nachfragte, wie man in einer Höhle denn merke, dass es Abend wurde, erntete ich einen ungeduldigen Blick von Nova. Doch Early erklärte geduldig, dass die Wurzeln der Glühbeeren bis zur Oberfläche reichten. Wenn es Nacht wurde, dann wurden sie dunkler. Sie erloschen nie ganz, aber das Licht wurde deutlich schwächer.

Early sah, dass neben seiner Zimmertür ein Moongate aufgetaucht war, wo jetzt vier Kisten standen, daneben eine Frau, die in das Gate hineinsah. Early wollte auf eine der Kisten springen und sie begrüßen, doch die Dehnübungen hatten ihn müde gemacht, er sprang daneben und landete im Gate, als gerade ein Mann mit einer weiteren Kiste hindurchstolperte. „Der hatte sich wohl auch zu viel gedehnt“, meinte Early. „Plötzlich fühlte ich mich entsetzlich schwer. Ich torkelte und knallte in einen Purrolator.“

Early ließ sich auf dem Küchentisch demonstrativ zur Seite plumpsen und fiel so auf Novas Löffel, dass dieser in hohem Bogen vom Tisch flog. Klirrend landete er auf den Bodenfliesen.

Nova kippelte nervös mit dem Stuhl. „Du hast meine Frage noch nicht beantwortet. Was für eine Gefahr?"

Early kletterte auf Novas Schoß, bevor er das ganze Drama erklärte: Seit Julias Abreise waren auf dem Mars 15 Jahre vergangen, genau wie auf der Erde seit Julias Ankunft. Man war ihr nicht nachgereist, weil man angenommen hatte, es sei wohl doch zu gefährlich, denn sonst wäre sie ja längst unversehrt zurückgekehrt.

„Die Teekrise hat sich zugespitzt", las ich im Zucker. „Jedes einzelne Teeblatt ist heiß umkämpft. Nova, wenn deine Eltern ganze Kisten mit Tee dabei haben, dann sind sie allein deswegen in Gefahr. Es gibt Leute, die für eine Tasse ordentlichen Tee einen Mord begehen würden."

Nova wurde so weiß wie die Milch in ihrem Glas. „Nein!"

„Am schlimmsten wäre es, wenn sie es mit Neil Spooner zu tun bekämen", fuhr Early fort. „Der ist völlig skrupellos und hat große Pläne mit dem Historischen Museum. Er will damit Menschen von der Erde anlocken. Er möchte ein Hotel bauen, eine neue Biosphäre errichten. Ihm fehlen nur die Geldmittel. Aber eine Kiste Tee würde ihn zum reichsten Mann auf dem Mars machen."

Nova war sichtlich kurz davor, loszuheulen.

Nun war mir klar, dass die Story echt war. Nova hatte panische Angst, ihre Eltern zu verlieren. So etwas spielte man nicht, nur um jemanden reinzulegen. Ich musste ihr helfen.

„Dann bleibt uns nur eine Wahl", sagte ich entschlossen. „Wir müssen das Moongate aktivieren und deinen Eltern zum Mars folgen. Weißt du, wie die Purrolatoren funktionieren?"

„Dad hat es mir erklärt." Überzeugt klang es aber nicht.

Ich holte Kehrschaufel und Besen aus dem Putzschrank. „Hier, du sammelst den Marssand ein und ich packe alles ein, was uns nützlich sein könnte. Eine Taschenlampe, ein Fernglas, ein Seil und mein Schweizer Offiziersmesser."

Nova nahm mir die Kehrschaufel ab und lächelte dankbar. „Du willst mir helfen? Obwohl es gefährlich ist?"

„Dieses Abenteuer würde ich mir um nichts auf der Welt entgehen lassen", behauptete ich. Dass mir vor Aufregung fast das Herz aus der Brust sprang, brauchte sie nicht zu wissen.

Reisevorbereitungen

Ich kam mit dem gepackten Rucksack auf die Dachterrasse. Wie immer war es hier windstill. Die Gebäude ringsum ragten alle höher in den Himmel als unser Haus.

„Ihr hattet ganz schön Glück, so einen geschützten Platz zu finden", meinte ich, als wir die Purrolatoren aus Novas Zimmer holten. Nachdem das Moongate zusammengebrochen war, hatte Nova die sieben Purrolatoren wieder in ihrem kleinen Koffer verstaut. Jetzt stellte sie ihn neben dem ausgestreuten Marssand auf den Boden der Dachterrasse und klappte ihn auf. Gelblich schimmerten sieben Steine in den mit schwarzem Samt ausgekleideten Vertiefungen.

„Die sind ja kaum größer als Pfeffermühlen", sagte ich enttäuscht.

„Aber viel wertvoller", sagte Nova und grinste mich an. „Sie bestehen aus Goethit."

„Aus was?"

„Du kennst doch sicher Goethe?"

„Den Dichter? Johann Wolfgang von?", fragte ich verständnislos.

„Genau. Er war derjenige, der dieses wertvolle Gestein entdeckt hat."

„Es ist eher so eine Art prismatisches Kristall", mischte sich Early schnurrend ein und machte ein unerwartet kluges Gesicht.

Ich fragte mich, wie es die beiden schafften, mir die haarsträubendsten Dinge aufzutischen und zu erwarten, dass ich sie auch noch glaubte. „Okay. Goethe war also auch auf dem Mars, oder was?"

Nova kicherte. „Du hast vielleicht seltsame Ideen. Der hat doch im achtzehnten und neunzehnten Jahrhundert gelebt."

„Wer hat denn davon angefangen?"

„Goethe hat das Goethit damals auf der Erde entdeckt. Auf dem Mars gibt es das auch. Und es eignet sich ideal zum Bau von Purrolatoren."

Als Nova den ersten Purrolator herausnahm, sah ich, dass er geformt war wie die Miniatur einer zu hoch gebauten Pyramide. Ich strich mit dem Zeigefinger behutsam über die Oberfläche, auf der sich feine Erhebungen befanden. „Fühlt sich an wie Blindenschrift." Ich schloss die Augen und tat so, als ob ich die Schrift entziffern könnte: „Eines fernen Tages werden drei Wesen vom Blauen Planeten durch dieses Gate schreiten. Ein Kater, noch grün hinter den Ohren. Ein Mädchen mit Supernova-Haaren, und ein Junge, der …"

„… eine Schraube locker hat", schlug Early vor.

Nova musste lachen. „Diese feinen Muster sind das Kernstück der Technologie. Schau, sie sind nur auf einer der vier Seiten eingearbeitet. Die Purrolatoren müssen so im Gegenuhrzeigersinn aufgestellt werden, dass die Muster exakt ineinandergreifen würden, wenn sie sich berührten. Aber natürlich lässt man einen Abstand zwischen ihnen, damit Platz für das Tor ist."

Sie hielt die Pyramidenstäbe so lange aneinander, bis sie herausgefunden hatte, in welche Reihenfolge sie gehörten. Dann stellten wir sie im Kreis auf den Boden - rund um den Marssand auf die Kreidemarkierungen, die Everett gemalt hatte. Bevor Nova den letzten Purrolator losließ, sah sie uns mit großen Augen an. „Mike, hast du alles, was wir brauchen?“

Ich klopfte auf meinen Rucksack. Die roten Streifen auf blauem Grund, die ihn normalerweise superschnittig aussehen ließen, wirkten aufgedunsen. Die Decke, die ich zu den anderen Sachen hineingepresst hatte, machte den Rucksack riesig. Aber ich wusste von meinem Vater, dass man für den Fall, dass etwas Unvorhergesehenes passierte, auch im Auto immer eine Decke mit dabei haben sollte. Und konnten wir denn vorhersehen, was uns auf dem Mars widerfahren würde?

Nova setzte den letzten Purrolator ab. Zu meiner großen Enttäuschung geschah nichts. Waren die Purrolatoren falsch aufgestellt? Oder hatten sie irgendwo noch einen Knopf, den wir betätigen mussten? Hatte Nova etwas vergessen? Übersehen? Nicht mitbekommen? Doch dann ertönte ein deutliches Schnurren und der Sand kam ins Vibrieren. Ich wollte Early schon zurechtweisen, dass er sich jetzt mit dummen Bemerkungen zurückhalten sollte, da der Sand für das Moongate gebraucht wurde. Aber das Schnurren kam nicht von Early, sondern von den Purrolatoren. Von allen sieben Seiten drang das Geräusch auf den Sand ein, der sich langsam zu einem Ring formte und in die Höhe stieg. Early strich mir aufgeregt um die Beine. In geduckter Haltung hätte er schon durch das Mini-Moongate schlüpfen können. Doch er wartete brav. Nur: Er wartete umsonst! Der Sand stieg nicht höher.

„Wie sind denn deine Eltern samt Kisten durch dieses winzige Tor gegangen?“, fragte ich zweifelnd.

„Etwas stimmt nicht." Nova blickte unglücklich drein. „Mist! Ich habe es geahnt."

Ich starrte sie fragend an.

„Als meine Eltern das Gate öffneten, hat meine Mum seltsame Quietschgeräusche gemacht, so wie sie es sonst tut, wenn sie sich freut. Ich dachte also, das wäre ihre Begeisterung, weil sie endlich zum Mars zurück kann. Aber jetzt glaube ich, dass sie damit das Tor vergrößert hat."

„Von mir aus darfst du gern quietschen. Ich lache bestimmt nicht", versprach ich.

Nova probierte zaghaft einige Quietschlaute. Sie waren nicht nur scheußlich, sondern auch unwirksam. Der Sand waberte unbeirrt auf Katzenkniehöhe durch die Luft.

„Soll ich's mal versuchen?", bot ich an und gab die höchsten Töne von mir, zu denen ich fähig war. Nichts passierte.

Early stand vor der hauchdünnen Sandwand und streckte eine Pfote durch. Sie verschwand im Nichts.

„Stopp!", rief da Nova. „Mir ist etwas eingefallen. Mike, ruf deinen Freund Bass an."

Rasch hatte sie uns erklärt, was sie meinte. Bass' Stimmbruch schien ihr die Rettung. Denn wenn seine Stimme umschlug, erzeugte sie die absonderlichsten Gickser. Natürlich war es ein verzweifeltes Spiel mit dem Zufall, aber wir mussten es probieren! Ich zog mein Handy aus der Hosentasche und rief Bass im Krankenhaus an. Munter klang seine Stimme durch den Lautsprecher, als er sich meldete.

„Hi Bass, Nova und ich wollten …" Ja, was sollte ich ihm sagen? Dass wir gerade auf dem Sprung zum Mars waren und als Transportmittel einen Gickser von ihm brauchten? Erschwerend kam hinzu, dass Bass erzählte, sein Vater sei gerade zu Besuch. Ich konnte nicht offen mit ihm reden.

„Jetzt sag schon, was gibt's?", hakte Bass nach, ohne jeden Gickser in der Stimme.

„Ich, ähm, ich kann heute nicht kommen. Nova und ich wollten wissen, wie es dir geht", stammelte ich und hielt dann das Handy in Richtung der Purrolatoren.

„Mir geht's bestens. Die Schwestern verwöhnen mich nach Strich und Faden. Eine ist richtig niedlich." Das *niedlich* klang wie ein Augenzwinkern. Dann kam eine langwierige Aufzählung all der Fernsehserien, die er sich mittlerweile reingezogen hatte. Es war nicht zu fassen: Seine Stimme kippte dabei nur ein einziges Mal. Doch es schien nicht die richtige Frequenz zu sein. Der Sand hob sich kein bisschen dabei.

„Können die Ärzte schon sagen, wann du wieder gehen kannst?" Ich kam mir total blöd vor, meinem besten Freund solche Fragen zu stellen, ohne wirklich auf den Inhalt seiner Antworten achten zu können, sondern nur gebannt auf den Ton seiner Stimme zu lauschen.

„Schwester Mia, das ist die Nie-iidliche" - der Sand hob sich tatsächlich um einen halben Meter - „meint, dass ich bald einen Gehgi-iips …" Der Sand rauschte nach oben. Eine Einladung, einfach hindurchzugehen. Bass plapperte am anderen Ende der Leitung weiter, während ich mit der freien Hand den Rucksack schulterte und Blicke mit Nova und Early tauschte. Wir nickten uns zu. Der Kater sprang freudig voraus. Nova nahm meine Hand.

Mir wurde flau im Magen, als ich ihr durch den Sand ins Nichts folgte. Das Letzte, was ich durch das Handy hörte, war: „Mike, hat es dir die Sprache-ee verschla…" Dann brach die Verbindung ab.

Ein Museum
in ferner Zukunft

Es hatte so ausgesehen, als ob hinter der Wand aus feinem Sand das dunkle Nichts auf uns wartete. Aber als ich auf der anderen Seite des Moongates ankam (ohne auch nur einen Hauch von Sand gespürt zu haben), umgaben mich Menschen und Landschaften, Sterne und Planeten, Schriftstücke und eine Stimme, die sagte: „For further information please say *Yes*.“ Ich konnte nichts zuordnen. Alles schien durch die Gegend zu schweben und wurde durchkreuzt von giftgrün leuchtenden Linien. Und wenn ich „Yes“ sagen würde, würde mich die Stimme auch noch mit Informationen zulabern?

Mein Magen fühlte sich an, als würde er mir zu den Ohren rauswachsen. In meinem Kopf drehte sich alles. Und das mir, dem nicht einmal im Fünfer-Looping auf dem Oktoberfest schwindlig wurde! Nova schwankte neben mir und blinzelte gegen ihren reichlich karierten Blick an.

„Das ist die niedrige Schwerkraft“, stöhnte sie.

Okay, erst mal ruhig werden, dachte ich und bemühte mich um eine sachliche Bestandsaufnahme der Situation. Wir hatten immerhin festen Boden unter den Füßen. Vor uns stand ein Puppenbett. Darauf heftete ich meinen Blick, um das Schwindelgefühl in den Griff zu kriegen.

„Das ist dein Bett“, fiel mir ein, als ich Early neben mir sah. Er rieb sein Köpfchen am weichen Polster. Dann stellte er sich direkt vor das Moongate und schnurrte so tief, dass mir die Vibration bis in die Knochen fuhr. Das Tor schrumpfte und war am Ende so klein, dass Early nur noch sein Bett davorschieben musste, um es zu verstecken.

Tastend wollte ich einen Schritt nach vorne machen. Da fauchte mich Early an. Was war in ihn gefahren? Gleich darauf schnurrte er, sodass sich in der Sandschicht, mit der der Boden bedeckt war, Wörter bildeten: „Es gibt hier einen Alarm. Um den nicht auszulösen, müsst ihr euch klein machen.“

Er blickte zu einer der grünen Linien, die unmittelbar vor mir den Raum durchquerte. Waren das Lichtschranken? Laser?

„Das ist Lachmorchelgas“, erläuterte Early. „Ihr müsst drunter durchkriechen.“

Also ließen Nova und ich uns zu Boden gleiten, was sich seltsam anfühlte. Viel zu leicht. Sanft. Und so, als hätte ich alle meine Bewegungen schlecht unter Kontrolle.

Nova schaute sich um. „Keine Spur meiner Eltern. Ob sie in die Lachmorchelgasstrahlen gelaufen sind und den Alarm ausgelöst haben? Sind sie verhaftet worden?“

„Wir müssen das Museum absuchen“, schlug ich vor. „Vielleicht finden wir sie, oder zumindest einen Hinweis oder eine Spur.“

Inzwischen hatten sich mein Kopf und mein Magen einigermaßen auf die hiesigen Gegebenheiten eingestellt. Zumindest begriff ich endlich, was mich umgab. Die Einrichtung des Museums war eigenartig: Die Wände hatte man quietschbunt bemalt, mit Farben, die aussahen, als könnten sie Augenkrebs auslösen. Und was bei uns, etwa im riesigen Deutschen Museum, als Ausstellungsstück, als Modell, Foto, Video oder Schriftstück gezeigt wurde, machte sich hier ganz anders breit. Anstelle von Bildern gab es dreidimensionale Darstellungen, um die man herumgehen konnte. Hologramme! Außerdem wurden die Sterne und Planeten der Modelle nicht mit Stäben und Schnüren zusammengehalten, sie zogen frei schwebend ihre vorgeschriebenen Bahnen. Selbst Exponate wie Purrolatoren und Urkunden befanden sich nicht in Vitrinen, sondern hingen einfach so im Raum. Daneben flirrten schriftliche Erklärungen in der Luft. Zu manchen Ausstellungsstücken ertönte eine Stimme, die den Betrachter fragte, ob er Details wissen wolle.

Die Ausstellung feierte die Marsbesiedlung, als sei sie das Bedeutendste, was die Menschheit je zustande gebracht hatte. Lord Terence Selby wurde als eine Art Heilsbringer dargestellt. Man sah ihn - noch auf der Erde - mit sehr abgehoben wirkenden Wissenschaftlern, dann mit einem Fähnchen, das er auf die Spitze eines Raumschiffs setzte, und sogar auf einer Art Thron, von dem er lässig herunterwinkte. Informationen über die Marskatzen, die doch immerhin die Ureinwohner auf dem Planeten waren, konnte ich hingegen nirgends entdecken. Aber vielleicht hatten die Katzen ja ihr eigenes Museum. Ausschließen mochte ich das nicht nach allem, was mir innerhalb der letzten Stunden passiert war. Auf jeden Fall musste man diesem Neil Spooner lassen, dass er seine Ausstellung höchst eindrucksvoll präsentierte.

„Early, es müsste doch inzwischen Nacht sein, weil du gerade schlafen gehen wolltest, als das Gate sich öffnete", sagte Nova. „Da kommen doch keine Besucher mehr. Laufen die Hologramme rund um die Uhr?"

„Nein, die schalten sich automatisch an, wenn ein Mensch anwesend ist", schnurrte Early in den Sandboden.

Wir krochen kreuz und quer durch das Museum. Der Sand war fein, aber nach einer Weile fühlten sich meine Handflächen trotzdem heiß und aufgerieben an.

Early tänzelte entspannt vor uns her und zwischen uns hindurch. „Wie gefällt euch mein Zuhause?"

„Super", meinte ich. „Noch schöner wäre es, wenn ich nicht auf dem Boden herumkriechen müsste wie ein Wischmopp."

Nova hielt sich höflicherweise mit einer Meinungsäußerung zurück. Aber sie wollte wissen, wieso er ausgerechnet im Museum lebte.

„Es war genau umgekehrt", gab Early zurück. „Man hat das Museum um mein Haus herum errichtet."

Wir erfuhren, dass Katzen auf dem Mars von ihrem angestammten Platz nicht vertrieben werden durften. Den Menschen, die sich nicht an diese Regel gehalten hatten, war es schlecht ergangen. Kaum hatten sie ein Haus errichtet, schnurrten es die versammelten Katzen der Umgebung in Grund und Boden. Übrig blieb nur ein Haufen Schutt, auf dem es sich die vorher verjagten Katzen wieder gemütlich machten. Das Museum aber war in gegenseitigem Einvernehmen entstanden - freilich mit dem Zugeständnis von Direktor Spooner, dass sich Early unbehelligt von der Alarmanlage bewegen konnte.

„Und wieso musste es ausgerechnet hier erbaut werden?", bohrte Nova nach und robbte dem Kater hinterher in den nächsten Raum.

„Weil das historischer Boden ist“, lasen wir im Sand, als wir Early erreicht hatten. „Genau von hier aus ist Julia zu ihrer Mission aufgebrochen. Wartet, das Hologramm aktiviert sich gleich.“ Early hob seinen Blick. Wir taten es ihm gleich.

Nova schrie auf. Dann sagte sie zweifelnd: „Mum?“ Tatsächlich schwebte Novas Mutter über uns. Aber sie reagierte nicht. Außerdem wirkte sie jünger und kein bisschen kränklich, obwohl sie halb durchsichtig war. Vor ihr rauschte die Sandwand eines Moongates. Sie umarmte einen Mann und eine Frau mittleren Alters, stieg durch das Tor und war weg.

„Mum!“, sagte Nova noch einmal.

„Es ist doch nur ein Hologramm“, beruhigte ich Nova. Und schon wiederholte sich die Szene vor uns, die zeigte, wie Julia aufgebrochen war, um ihre ungewisse Reise zur Erde anzutreten.

„Und die beiden da?“ Nova deutete auf das Paar, von dem sich Julia immer und immer wieder verabschiedete.

„Barney und Cora Newman“, ergänzte Early.

„Meine Großeltern!“ Nova war sichtlich geplättet. Ich glaubte, auf den Wangen von Novas Großmutter Tränen erkennen zu können. Wie magisch angezogen, erhob sich Nova und streckte einen Arm nach dem bewegten Bild aus. War sie wahnsinnig? Noch ein paar Zentimeter und sie würde mit ihrer Hüfte an einen der grünen Lachmorchelgas-Strahlen kommen!

„Nova“, rief ich, doch sie hörte nicht. Sie musste wieder auf Tauchstation gehen! Mir blieb nur eines: Ich stellte ihr ein Bein, auch wenn das im Liegen reichlich schwierig war. Sie stöhnte auf und kippte um. Doch wie dumm! Sie riss die Arme auseinander, als ob sie so Halt finden könnte. Es zischte, als sie den Strahl traf.

Nova kicherte und landete auf dem Boden. Sie sah belustigt auf ihren Arm, mit dem sie das Lachmorchelgas berührt hatte. Weh getan hatte sie sich offenbar nicht. Dafür fiel man dank der geringen Schwerkraft wohl zu sanft. Aber jetzt hatten wir ein weit größeres Problem am Hals: Wir mussten verschwinden. Schleunigst! Vermutlich marschierten schon die Sicherheitskräfte an, um uns Eindringlinge gefangen zu nehmen.

Nova kicherte zwar noch vor sich hin, begriff aber den Ernst der Lage.

Die Alarmstrahlen erloschen. Schwere Schritte kamen näher. Der Kater wies mit dem Kopf auf eine Katzenklappe. War er plemplem? Wie sollten wir da durchkommen? Doch schon schnurrte er - nicht laut, aber mit der Intensität eines Presslufthammers. Rund um die Katzenklappe bröckelte das Gestein. Die Klappe fiel um. Auf Earlys Zeichen quetschte sich Nova kichernd durch das Loch. Ich folgte ihr, während hinter mir durcheinander rufende Stimmen und hastende Schritte immer lauter wurden. Es war wahnsinnig eng. Warum hatte der verflixte Kater das Loch nicht größer gemacht? Ich würde es nicht schaffen! Doch da zog Nova wie verrückt an meinen Armen. Ich stieß mich mit den Füßen ab, in Panik, von der Wache gegriffen und in diesem Mauerspalt hin und her gezerrt zu werden. Plötzlich war ich durch. Hinter mir fummelten Hände durch das Loch. Ein Kopf erschien. Er war puterrot.

„Wer seid ihr? Wir kriegen euch!" Der Mann versuchte, sich ebenfalls durch das Loch zu zwängen, schaffte es aber nicht. Gott sei Dank hatte Early den Spalt nicht größer gemacht!

Nova nahm Early etwas aus dem Maul: ein Beutelchen mit der Aufschrift *Assam Tea*. Ihre Augen schienen noch größer zu werden, als sie sowieso schon waren. Dann liefen wir hinter dem Kater tiefer und tiefer in eine Höhle hinein.

TGFOP

Ich konnte mich nicht an dieses merkwürdige Gefühl gewöhnen: Meine Sneakers setzten nicht satt auf dem Höhlenboden auf - trotz der 54 Kilo, die ich auf die Waage brachte. Es war schwierig, rasch voranzukommen. Ein Bleigürtel um die Hüften wäre hilfreich gewesen. Oder der Rucksack, fiel mir ein. Mist! Den hatte ich liegen lassen. Aber er hätte eh nicht durch den Katzenklappenspalt gepasst. Wir hatten unsere ganze Ausrüstung verloren. Nur mein Handy spürte ich wie immer in der linken Potasche meiner Jeans. Aber was sollte es uns nützen?

Gott sei Dank hatte ich keine Zeit, mir auszumalen, in welche Situationen wir noch geraten könnten, bei denen wir uns verzweifelt ein Seil oder die Decke herbeiwünschen würden. Ich hatte alle Mühe, Early und Nova hinterherzukommen, die sich erstaunlich behände vor mir bewegten. Der Gang war zwar nur schwach, aber durchgehend beleuchtet. An den Wänden schimmerten zwischen fast durchsichtigem Laub rote und weiße Beeren.

„Wohin laufen wir?", rief Nova, als sich der Gang zog und zog. Abrupt blieb Early stehen. Nova gelang es besser als mir, so plötzlich anzuhalten. Ein paar Mal ungeschickt hopsend schaffte ich es auch.

Zum ersten Mal blickten wir uns um und waren uns einig: Niemand verfolgte uns. Und Novas Gekicher war vor lauter Keuchen auch verschwunden.

„Wohin? Nirgendwohin!", schnurrte der Kater. „Das ist meine Joggingrunde."

Ich war fassungslos. „Wir verausgaben uns hier und haben nicht mal ein Ziel? Das ist idiotisch."

„Idiotisch? Bist du einer dieser Anti-Sport-Fanatiker?“

Ich verdrehte die Augen.

„Okay, dann jogge ich ein anderes Mal. Und jetzt?“ Early wirkte eingeschnappt. Er leckte seine Vorderpfote, als gäbe es auf der Welt - beziehungsweise dem Mars - nichts Wichtigeres zu tun.

„Jetzt suchen wir meine Eltern“, sagte Nova mit einer Stimme, die verriet, dass sie wütend war.

„Ach so“, erinnerte sich der Kater. „Na, dann los. Hopp, hopp. Abmarsch!“

Nova starrte ihn an. Dann ließ sie sich auf den Boden plumpsen - sofern man die sanfte Landung überhaupt so bezeichnen konnte. Sie hielt sich die Hände vors Gesicht und schluchzte. Ihre Wut war mir bedeutend lieber gewesen. Ich musste die Sache in die Hand nehmen.

„Haben deine Eltern dir erzählt, wo sie den Tee abliefern wollten?“, fragte ich das Häufchen Elend auf dem sandigen Marsboden.

Nova schüttelte den Kopf.

„Hm. Ich vermute, dass sie von der Museums-Security geschnappt wurden.“

Novas Schluchzen wurde heftiger.

„Gibt es hier so was wie ein Gefängnis?“, wollte ich von Early wissen.

„Ja, die Menschen haben eins gebaut, irgendwo unter dem Olympus Mons.“

„Aha“, sagte ich und merkte, wie wenig uns das weiterhalf. Wo war das? Wie sollten wir dorthin kommen? Wie Julia und Everett befreien? Und wenn sie gar nicht dorthin verschleppt worden waren? Da fiel mein Blick auf das Beutelchen, das Nova neben sich liegen hatte: der Tee.

Early bestätigte mir, dass er ihn im Museum entdeckt hatte. In einer dunklen Ecke. Aber nur dieses eine Päckchen.

Eben! Um den Tee ging es doch eigentlich. Und wenn Early mit seiner ersten Vermutung recht gehabt haben sollte, dass Neil Spooner nach Tee-Reichtümern gierte, dann mussten wir bei ihm ansetzen. Oder bei jemandem, der in diesem Teekrieg auf der gegnerischen Seite stand. Ganz klar!

„Early, hat Spooner Feinde? Gibt es jemanden, der sich mit uns gegen ihn verbünden würde, wenn er erfährt, dass Spooner sich Julias Teekisten gekrallt hat?“

Der Kater schaute mich ratlos an. Dann schnurrte er: „Warum fragst du ausgerechnet mich?“

„Weil Nova und ich hier fremd sind, aber du kennst diesen Spooner. Du lebst in seinem Museum, zum Henker!“, ereiferte ich mich.

„Aber das Teegetue geht uns Katzen doch nichts an.“

„Und wieso bist du dann nach einer Teesorte benannt?“, schniefte Nova. „Earl Grey? Hm?“

„Teenamen klingen für die Menschen vornehm. Darum hat meine Mutter mich so genannt. Und meine liebe Schwester heißt deswegen Darjeeling. Aber das sind nur Namen. Die Teekrise ist mir egal.“

„Okay, das tut jetzt nichts zur Sache“, unterbrach ich die beiden. „Wir müssen wissen, wem wir trauen können. Early, kennst du jemanden, der uns vor Spooner beschützen kann?"

„Nö, aber wir könnten uns mal unter den Katzen umhören. Vielleicht hat sich ja jemand um diese unbedeutende Teesache gekümmert, nur so aus Langeweile."

„Unbedeutend? Wenn die Menschen einen Krieg anfangen, betrifft euch das auch", sagte ich. „Na gut, reden wir mit ein paar Katzen."

„Das dauert doch alles viel zu lange", klagte Nova.

Early nickte. Dann legte er den Kopf schief und schnurrte: „Handelt es sich um einen Notfall?"

Wir nickten heftig.

„Ein Notfall von planetarischem Ausmaß?"

„Absolut", behauptete Nova.

„Dann kann ich eine Katzenkonferenz einberufen", schnurrte Early. „TGFOP, wir kommen!"

Es schien mir nicht so entscheidend, was das wieder für ein marsianisches Gefasel war. Ich war einfach froh, dass wir einen Plan hatten und dass uns Early nicht allein auf eine endlose Suche nach anderen Katzen quer durch den Mars schickte.

Wir ließen den Gang hinter uns, indem wir durch eine Tür schritten, die keine Klinke hatte. Early hatte sie nur mit seinem Näschen anstupsen müssen. Daraufhin löste sie sich in der unteren Hälfte für einen Moment auf. Es war erstaunlich, wo man mit diesem Kater überall durchkam, wenn auch nur auf allen Vieren.

„Wir haben Glück, dass es Nacht ist. Am Tag sind die Haupttunnel total überfüllt", erklärte Early.

Das glaubte ich gerne, denn in den Höhlen, die wir durcheilten, priesen zahlreiche Geschäfte ihre Sortimente an. Statt Schaufenstern hatten sie riesige Leuchtflächen als Wände, die sich genau wie die Museumsausstellung automatisch anschalteten, als wir daran vorbeikamen. Darauf flatterten zum Beispiel karierte Picknickdecken über rotem Rasen; Glühbeeren-Marmeladen, -Chutneys, -Kekse, -Puddings und sogar -Würstchen rückten in Massen an; Tee-Ersatzstoffe wurden von glücklichen Reklamegesichtern gepriesen; Spielzeug-Purrolatoren für die Kleinsten vibrierten in Neonfarben um die Wette. Doch die weniger aufgeregten Höhlenwelten, in die wir allmählich kamen, waren mir lieber.

„Wenn das so weitergeht, landen wir am Ende des Universums", schimpfte Nova.

Early drehte sich im Laufen zu uns um und schnurrte: „Wir sind gleich da. Still sein!" auf den Boden.

Überrascht hielten wir uns dran und bogen hinter ihm um eine weitere Kurve. Ein Riesenkrach empfing uns. Es schepperte blechern, als ob ein Laster eine Ladung leerer Dosen auf die Straße kippte.

Dabei waren es nur Döschen. Aber Hunderte! Ein chaotischer Haufen. Glühbeeren-Köstlichkeiten offensichtlich. Alle leer gefuttert. Early saß mittendrin und versuchte, sich freizustrampeln.

Vor uns auf dem Boden erschien eine Schrift: „Typisch Earl Grey. Und wer sind die beiden dicken, hässlich gekleideten Kinder?"

Von wem kam das? Ich hatte ein Geräusch gehört, das aber eher wie ein Grunzen denn wie ein Schnurren geklungen hatte. Ich schaute mich um. Tatsächlich: Auf einem Felsvorsprung lag in einem Körbchen eine dünne, kleine, grasgrüne Katze, die gerade mal ein Augenlid hob, um uns müde anzusehen.

„Stapelt die Dosen und haut ab." Die grunzende Katze schloss ihr Auge. Das Vieh konnte unmöglich unsere Rettung sein!

Early schüttelte sich ein letztes Döschen vom Kopf und strahlte die Mickerkatze an. „Das ist TGFOP", ließ er verlauten, was mich nicht verblüffte, denn auf den Rand des Katzenkörbchens waren mit liebevollem Schwung eben diese Buchstaben gestickt.

Ob die Abkürzung für „Total griesgrämiges Fellknäuel ohne Planetenmanieren" stand?

„Sie ist unsere Chefin", gab Early bekannt und machte sich tatsächlich daran, die leeren Döschen aufeinanderzuschichten. „Darf ich vorstellen: Tippy Golden Flowery Orange Pekoe", schnurrte Early. „Und das sind Mike und Nova. Wir ersuchen um eine Konferenz in einer Menschenangelegenheit."

„Ach so", sagte Nova. „TGFOP sind besonders feine Teeblättchen."

Diese Katzen hatten alle einen Schatten!

„Eine Konferenz?", grunzte Tippy Golden Flowery und so weiter. „In einer Menschenangelegenheit? Was ist für uns dabei drin?", reduzierte Tippy Dingsbums die Bedingungen auf einen Punkt.

Early stapelte Dosen. „Wir könnten endlich diese dumme Teekrise beenden. Bitte ruf alle zusammen."

Da war ich gespannt. Etwas Telefonähnliches hatte ich hier nämlich weit und breit noch nicht gesehen.

„Na gut", grummelte Tippy und brachte dann mit einem Mal ein Schnurren zustande, das sich gewaschen hatte. Minutenlang brummte es durch die Höhle, bis das tiefe Geräusch sich in alle Öffnungen, die irgendwohin abgingen, verzog. Zuletzt flog ein Pups hinterher. Ob das dazugehörte? Oder war Tippy nur alt und litt unter unkontrollierbaren Darmwinden? Bei meinem Urgroßonkel Thaddäus kam das auch vor.

Es dauerte eine Weile, bis etwas geschah - abgesehen davon, dass Early nach und nach drei nicht gerade stabil wirkende Dosentürme aufschichtete. Als Erster traf ein kräftiger, tannennadelgrüner Kater mit rötlicher Brust ein. Ein Ohr hing in Fetzen. „Soll ich jemandem ein Krallenmuster verpassen?", wollte er wissen und blickte Nova und mich scharf an.

Tippy machte sich nicht die Mühe einer Antwort. Dafür schüttelte Early den Kopf.

„Huch, was sind das denn für Menschen?", fragte die nächste Katze, die eintrudelte. „Sind das Außermarsianische? Was für seltsame Kreaturen."

So gaben alle, die sich versammelten, Kommentare über uns ab, die unsere Hoffnung, hier Hilfe zu finden, sinken ließen.

„Können wir uns kurzfassen?", drängte einer, dessen Fell aussah, als hätte er sich extra in einen moosgrünen Frack über lindgrünem Hemd geworfen. „Ich dirigiere nachher ein Benefizkonzert im Präsident-Selby-Saal. Die Vorbereitungen beginnen bald. Ich möchte nicht riskieren, zu spät zu kommen."

Als niemand mehr zu der Gruppe von etwa zwanzig Katzen hinzustieß, eröffnete Tippy die Sitzung. „Schieß los", grunzte sie Early an.

Er erzählte in dramatischer Ausschmückung, wie Novas Eltern im Museum erschienen waren, während er selbst die Gelegenheit wahrgenommen hatte, abenteuerlustig und tollkühn die Erde zu erkunden.

„Pfui, die Erde!", ließ sich eine Katze mit fein geschnittenem Gesicht und dichtem Angorafell vernehmen.

Und der Kater mit dem lädierten Ohr lachte über Early: „Von wegen Gelegenheit. Bestimmt bist du in das Gate gestolpert."

Andere fielen ein und tauschten die besten Geschichten aus, die über Earlys Dussligkeiten im Umlauf waren.

„Also, wegen so eines Unsinns werde ich nicht das Konzert verpassen. Ich gehe", unterbrach der Befrackte die anderen. Wie auf ein Stichwort wandten sich alle Katzen zum Gehen.

„Nein, bitte bleibt!", rief Nova. Dann berichtete sie kurz und knapp von unserem Problem. Als die Katzen hörten, dass alles mit Tee zusammenhing, stand ihnen die Langeweile ins Gesicht geschrieben. Und keine einzige hatte eine Idee, an wen wir uns gefahrlos wenden konnten. Der Konflikt um die braunen Blätter war ihnen schnurz. Die Versammlung löste sich schnell auf. Sie hatte rein gar nichts gebracht.

In mir kroch Ärger hoch. Ich musste ihn irgendwie loswerden. Da fielen mir die Dosenstapel ins Auge. Schon wollte ich mit meinem rechten Bein ausholen, um an ihnen meine Wut auszulassen, als Tippy grunzte:

„Nova, komm mal her. Näher. Noch näher. Mein Geruchssinn ist nicht mehr so gut wie früher!" Nova neigte ihren Kopf der alten Katze zu.

„Ah, du riechst ein bisschen wie meine alten Freunde", grunzte Tippy und klang dabei fast nett. Auch die Schrift im Sand wirkte freundlicher, da weniger krakelig. „Sie sind sehr sehr traurig, seit ihre Tochter zu ihrer Mission aufbrach und sie glaubten, sie würde nie mehr wiederkommen." Zu dritt starrten wir Tippy an.

„Barney und Cora haben mir sehr sehr leidgetan. Ich konnte es nicht mehr mitansehen, darum habe ich ihr Haus im Newton Tunnel Nr. 7 verlassen."

Barney und Cora. Hießen Julias Eltern nicht so? Herrje! Warum waren wir da nicht früher drauf gekommen: Sie waren es, die wir suchen mussten! Und wie es aussah, hatten wir schon die Adresse - Newton Tunnel Nr. 7, falls sie inzwischen nicht umgezogen waren. Ich tauschte Blicke mit Nova und Early, der sich beeilte, in den Sand zu schnurren: „Mir nach!"

Wir verabschiedeten uns von Tippy und gingen los. Nova drehte sich noch einmal um. Dankbar lächelte sie der alten Katze in ihrem Körbchen zu.

/10/

Präsident Gordon Selby

Die Glühbeeren leuchteten heller, es wurde Tag unter der Marsoberfläche. Ich sah kleine gelbe Tiere vorbeihuschen und grell gemusterte Insekten an den Tunnelwänden hochkrabbeln.

„Die sind bestimmt leicht zu fangen", meinte ich und deutete auf ein grün-rot gestreiftes, rattenartiges Vieh, das offensichtlich verwirrt zwischen meinen Beinen Slalom lief und dann in einem Loch im Boden verschwand.

„Warum sollte ich eine Zebraratte fangen?", schnurrte Early.

„Um sie zu essen."

„Bäh."

Nova erklärte mir, dass es auf dem Mars keine Fleischfresser gab. Alle Lebewesen ernährten sich hauptsächlich von Glühbeeren. Aha, dachte ich, darum die quietschbunte Tierwelt. Hier brauchte sich niemand zu tarnen.

Wir überquerten einen Bach, in den die Glühbeeren ihre langen Tentakel hängen ließen, um Wasser aufzunehmen, und kamen in ein System aus breiten, gut zehn Meter hohen Tunneln. Die Glühbeeren hoch über unseren Köpfen waren riesig. Ich hoffte, diese Beeren würden nicht herunterfallen, wenn sie reif waren.

Es handelte sich wohl um eine Wohngegend für Menschen, denn hier gab es Häuser, die mich an zu groß geratene Sandburgen denken ließen - und damit auch an Teneriffa und den verpassten Surfurlaub. Nun, wenn ich schon keine Fotos von Bass und mir am Strand vorzuweisen haben würde, dann doch etwas viel Besseres. Ich bat Nova und Early, sich vor ein besonders bizarr geformtes Haus zu stellen, und fotografierte sie mit dem Handy.

In dem Moment glitt die Haustür zur Seite. Jemand trat heraus. Es war eine männliche Ausgabe von Julia: klein, dünn und blass, mit riesigen Augen. Der Marsmann sah mich und Nova stirnrunzelnd an. Klar, wir sahen anders aus als Marsmenschen.

„Die beiden sind Museumsstücke", behauptete Early dreist.

Das schien dem Mann als Erklärung zu reichen. Er hob den Kopf und rief: „Gleiter."

Sofort kam von der Tunneldecke etwas herunter, das einem Skilift ähnelte: ein unbequem aussehender Schalensitz an einer langen Stange. Der Mann setzte sich, rief „Nach Süden" und sauste davon.

Nun war ich es, der die Stirn runzelte. Wir liefen uns hier die Hacken wund, dabei gab es so ein tolles Transportsystem. „He, warum hast du uns nichts von diesen Gleitern gesagt?"

„Oh, ich laufe lieber. Notfalls schwimme ich auch", war Earlys geschnurrte Antwort.

„Aber mit so einem Ding sind wir schneller." Ich schaute hoch. „Gleiter!"

Es funktionierte. Ein Sitz kam herabgeschwebt.

Nova rief ebenfalls nach einem Gleiter. Nachdem sie sich gesetzt hatte, ließ sich Early mit einem zickigen Maunzen auf ihren Schoß heben.

„Welche Richtung?", fragte ich.

Early deutete mit der Pfote nach links.

„Ist das Süden oder Norden?"

„Innenstadt", schnurrte er so leise und widerwillig, dass ich die Schrift im Sand kaum entziffern konnte.

„Zur Innenstadt", riefen Nova und ich gleichzeitig, und die Gleiter setzten sich in Bewegung. Sie gewannen rasend schnell an Fahrt. „Juhuu!", schrie ich, ich konnte einfach nicht anders.

„Yippee!", schrie Nova. Wir grinsten uns an.

Early hatte sich zusammengerollt wie ein Igel.

Die Gleiter preschten um die Kurven, wechselten in andere Höhlen und Tunnel, wichen entgegenkommenden Gleitern aus und kamen an der Öffnung einer riesigen Höhle zum Stehen.

Ich stieg aus und lachte. „Das war klasse."

„Early scheint es nicht so recht gefallen zu haben." Nova versuchte, Early auf die Beine zu stellen, aber er kippte immer wieder um. Sie gab es auf, nahm ihn wieder auf den Arm und redete beruhigend auf ihn ein. Der Kater war komplett weggetreten. Hoffentlich erholte er sich wieder.

Wir betraten die Höhle, in der es von Marsmenschen wimmelte. Obwohl Nova eine gewisse Ähnlichkeit mit den Marsbewohnern hatte, da sie ja zur Hälfte von einer Marskolonistin abstammte, stach sie in ihren Jeans und dem T-Shirt aus der Menge heraus. Die Leute hier trugen bunt gemusterte, kurze Kutten und darunter Strumpfhosen. Ich fiel natürlich noch mehr auf und versuchte, mich hinter Nova zu verstecken, so gut es ging. Dummerweise war sie einen halben Kopf kleiner als ich. Wir schlängelten uns durch die Höhle, stets bemüht, die weniger erhellten Wege zu nehmen.

Die Höhle erinnerte mich an den Viktualienmarkt. Es gab viele Stände, in denen die Waren liebevoll drapiert dargeboten wurden. Nur die Auswahl war deutlich kleiner als in München, wo man Obst und Gemüse aus der ganzen Welt bekam. Hier bekam man nur Glühbeeren, aber die in allen möglichen Zubereitungsarten.

Der Markt war gesäumt von kleinen Läden. Ich überlegte, ob wir uns zur Tarnung Kutten und Strumpfhosen kaufen sollten. Aber ohne Geld?

Da entdeckte Nova etwas. „Schau mal, hier steht ein Bildschirm mit den Meldungen des Tages.“

Die Schrift hüpfte und wanderte über den riesigen Bildschirm. „Das Zentralkrankenhaus bedankt sich beim Präsidenten für eine großzügige Spende.“

Neben der Schlagzeile sah man das Hologramm eines grauhaarigen Mannes in grauer Kutte mit grauen Strumpfhosen. Er lächelte und winkte huldvoll. Zu seinen Füßen las ich: „Präsident Gordon Selby.“

„Selby?“, sagte ich. „So hieß doch auch der Typ, der die Marskolonie gegründet hat.“

„Genau, das war Terence Selby. Gordon ist sein Ur-ur-ur- … also sein direkter Nachfahre. Vielleicht gibt es in den Nachrichten einen Hinweis, der uns weiterhilft. Meine Mum hat mir erzählt, dass sich auf dem Mars Neuigkeiten rasend schnell verbreiten.“

Auf dem Bildschirm konnte man durch Antippen in der Zeitung blättern. Ständig war von Präsident Selby die Rede. Er residierte in einem Palast, tat sich als Wohltäter hervor und bemühte sich darum, die Teekrise einzudämmen. Er hatte eine Sonderkommission gebildet, die sogenannte Teepolizei. Auf der nächsten Seite wurde das

„Benefizkonzert“ im Präsident-Selby-Saal angekündigt, dessentwegen der befrackte Kater es so eilig gehabt hatte.

Plötzlich blitzte es und quer über der Zeitung erschien der Schriftzug:

Danke für dein Interesse. Du wurdest zum Leser des Monats gewählt. Du hast einen Monat lang freien Eintritt ins Historische Museum. Herzlichen Glückwunsch.

Ich fand das ziemlich witzig, denn ausgerechnet dort wollten wir ja nun nicht hin, doch da erschien Nova als Hologramm. *Leser des Monats* stand über ihrem Kopf. Early in ihrem Arm war deutlich zu sehen, aber leider auch den Teebeutel, den sie immer noch in der rechten Hand hielt.

„Schnell, versteck den Tee“, drängte ich. „Der könnte uns in Gefahr bringen.“

Umständlich klemmte Nova den Tee unter Early, der sich nicht rührte. „Ob er in ein Koma gefallen ist.“ Sie sah mich beunruhigt an. „Der arme Kerl. Und wie kommen wir ohne ihn weiter?“

/11/

Die erste Spur

Ich sah mich um. Gab es hier irgendwo einen Höhlenplan oder Wegweiser? Ich konnte nichts entdecken. Wir gingen an den Schaufenstern entlang, bis ein Tunnel abzweigte. Eine Frau trat aus einem Strumpfhosengeschäft.

„Verzeihung, wir sind Museumshologramme und haben uns verlaufen", sprach Nova sie an. „Könnten Sie uns bitte sagen, wo es zum Newton Tunnel geht?"

Sie beäugte uns kritisch. „Für Hologramme seid ihr aber sehr ... griffig."

„Es gibt eine neue Technologie", konterte ich. „Man experimentiert mit uns."

„Ach so. Offensichtlich seid ihr nicht auf Lesen programmiert." Sie deutete über sich, wo über dem Tunneleingang in sattem Gelb der Hinweis *Newton Tunnel* leuchtete.

Nova bedankte sich und wir betraten den breiten Tunnel, der eine Art Dienstleistungszone sein musste. Laut den leuchtenden Türschildern gab es hier Rechtsanwälte, Ärzte, Physiotherapeuten, Psychologen und Steuerberater.

„Wir haben es gefunden!", rief Nova. „Drs. Cora und Barney Newman, Tierärzte. Fantastisch. Sie können sich gleich mal um Early kümmern." Kurz zögerte sie, dann betätigte sie die Klingel, die die Form eines Katzenohrs hatte.

Kurz darauf hörten wir Schritte. Die Tür glitt zur Seite und eine ältere Dame mit weißen Haaren, einer rotweiß gestreiften Kutte und grünen Strumpfhosen erschien. Sie rieb sich die Augen. „Die Praxis öffnet erst in drei Stunden."

„Es handelt sich um einen Notfall", sagte ich. Eigentlich waren es zwei Notfälle: Earlys Koma und das Verschwinden von Novas Eltern.

Zum Glück beachtete sie mich und mein seltsames Aussehen nicht weiter. Ihr Blick fiel auf Early. „Ja, wenn das so ist. Kommt rein."

Sie ging voraus in den Behandlungsraum, nahm Nova den Kater ab und legte ihn behutsam auf einen Tisch, der aus schwarzem Stein gehauen - oder vielleicht auch geschnurrt - war. „Was ist passiert?"

„Wir sind mit ihm Gleiter gefahren", gestand Nova.

„Wie konntet ihr nur!" Die Frau, die Cora Newman sein musste, begann Early sachte zu entrollen, bis er auf dem Rücken lag.

Ich hatte das Bedürfnis, unsere Missetat zu entschuldigen, auch wenn mein Mund von der vielen Rennerei in dieser sandigen Welt trocken war wie Schmirgelpapier. „Wir hatten es sehr eilig, hierherzukommen, sonst wären wir zu Fuß gegangen."

„Das ist unlogisch", dröhnte eine Männerstimme hinter uns. „Wenn ihr zu Fuß gegangen wärt, hätte euer Kater keinen Gleiterschock erlitten und ihr hättet überhaupt keinen Tierarzt gebraucht. Oder fehlt ihm noch etwas anderes?"

Nova und ich wechselten einen Blick. „Sag ihnen, wer du bist", forderte ich sie auf.

„Wir hatten es eilig, weil … wegen … Es geht um Julia. Ich bin ihre Tochter", sagte Nova. „Wir kommen von der Erde und müssen sie und meinen Vater retten."

Doch die beiden Ärzte schienen gar nicht zugehört zu haben. Der Mann, eine leicht gebückte Gestalt in wohltuend neutraler, beigefarbener Kleidung, trat an den Behandlungstisch und hielt Early fest. Cora gab ihm eine Spritze, auch wenn das, womit sie ihn ins Ohr piekte, mehr Ähnlichkeit mit einem giftigen Insekt hatte.

Es wirkte. Early wurde sofort munter. Nova seufzte erleichtert.

Cora sah auf, mit Tränen in den Augen. War sie froh, unseren Kater gerettet zu haben? Doch sie starrte Nova an wie ein Weltwunder. Also hatte sie doch zugehört.

„Julia hat eine Tochter? Ja, du hast ihre Augen." Sie nahm Nova in die Arme und schien sie nicht mehr loslassen zu wollen. Mit tränenerstickter Stimme brachte sie noch heraus: „Aber wie ist das möglich? Und wo ist Julia? Und wer ist dein Vater? Und wer ist der Junge? Oh, so viele Fragen. Kommt, Kinder. Erzählt uns alles bei einer Tasse Tee."

Kurz darauf saßen wir gemeinsam im Esszimmer um einen Tisch aus Teeholz. Eine große Kanne mit Wasser stand auf dem Tisch. Cora reichte Schüsselchen mit tablettengroßen Kugeln herum. „Die gelben Kugeln haben Formosageschmack, die orangenen Assamgeschmack. Bedient euch bitte."

Barney warf eine gelbe Kugel in sein Glas. Binnen Sekunden wurde aus dem klaren Wasser eine dampfende, gelbliche Brühe. Coras Brühe, die eine orangefarbene Kugel zur Grundlage hatte, sah nicht besser aus. Kein Wunder, dass man sich auf dem Mars nach richtigem Tee sehnte.

„Ich habe richtigen Tee dabei", sagte Nova und zeigte ihnen den Teebeutel.

Cora und Barney starrten das Papiertütchen an wie ein Wunderwerk der Natur.

„Macht es ruhig auf", ermutigte Nova sie und legte Cora den verpackten Teebeutel auf die Hand. Die öffnete das Papiertütchen und zog den Beutel heraus. Sie hielt ihn am Faden hoch und ließ ihn baumeln, als wäre er ein edles Schmuckstück.

„Los, taucht ihn in die Kanne."

Sie tat es, langsam und andächtig. Dann warteten wir schweigend, bis der Tee gezogen hatte. Cora drückte den Beutel so lange aus, bis er fast wieder trocken war. Barney holte neue Gläser und schenkte den Tee ein.

Er schnupperte an dem Glas und lächelte selig.

Cora hatte schon wieder Tränen in den Augen. Sie nahm einen grotesk geformten Trinkhalm und erklärte uns, dass es sich um einen getrockneten Glühbeerentakel handelte. Damit schlürfte sie den Tee und seufzte zufrieden. „Nie habe ich etwas so Köstliches getrunken."

Auch wir nahmen Trinkhalme. Ich fand ungezuckerten Tee nicht sonderlich lecker, war aber dankbar, mir endlich den Marsstaub aus der Kehle spülen zu können.

Barney sah nach oben. „Essen", rief er. Ähnlich wie ein Gleiter kam ein Blumentopf herabgeschwebt, in dem weiße und rote Glühbeeren wuchsen. Ich griff hungrig nach der erstbesten Beere, biss hinein und spuckte sie sofort wieder aus. „Pfui Deibel, ist die sauer!"

„Weiße Beeren dienen nur der Beleuchtung." Barney erklärte mir, dass es sich um eine von Menschen gentechnisch veränderte Sorte handelte, damit sie neben dem roten auch weißes Licht zur Verfügung hatten. „Nimm von den roten Beeren.“

Die roten Beeren hatten einen angenehmen Erdbeergeschmack.

Während wir Glühbeeren futterten, erzählte Nova ihren Großeltern, wie es Julia auf der Erde ergangen war und warum wir hier waren. Da keiner mehr auf Early und mich achtete, lieferten wir uns eine kleine Wasserschlacht, indem wir uns mit gefüllten Tentakel-Strohhalmen anpusteten. Ich war heilfroh, dass es dem frechen Fellknäuel wieder gut ging.

Als Nova fertig war, meinte Barney: „Wie tragisch. Da hat Julia endlich die Rückreise zum Mars geschafft, und dann … Aber keine Sorge, wir werden ihr und Everett helfen.“

„Bestimmt hat Neil Spooner mit ihrem Verschwinden zu tun“, sagte Cora. „Er ist von seinem Museum völlig besessen und würde alles tun, um an Geld dafür zu kommen. Tee ist Geld!“

„Schauen wir doch mal, ob es im HV etwas dazu gibt“, schlug Barney vor.

„HV?“, fragte ich.

„Es ist wie TV“, erklärte Nova. „Aber holographisch.“

Ich konnte nirgends ein Fernsehgerät entdecken. Da rief Cora: „Nachrichten.“

Ein Projektor in der Wand erstrahlte und ein halb durchsichtiges Hologramm erschien neben dem Tisch. Es zeigte einen glatzköpfigen Mann in schwarzer Kutte. Eine sanfte Frauenstimme sagte: „Wie Neil Spooner berichtet, wurde letzte Nacht in sein Museum eingebrochen. Mehrere Ausstellungsstücke wurden beschädigt, weshalb das Museum bis auf Weiteres geschlossen bleibt."

„Von wegen", sagte Nova. „Es wurde nur eine Wand beschädigt, durch die wir mit Early geflohen sind."

Dann fing das Spooner-Hologramm zu sprechen an. Die Stimme hatte einen besorgten Ton. „Es gibt zwei Verdächtige, ein übergewichtiges Mädchen und einen Jungen, der aussieht wie ein Kind aus der Gründungszeit der Kolonie. Man könnte ihn leicht für ein holographisches Ausstellungsstück halten."

„Übergewichtig?" Novas Stimme klang schrill. „*Übergewichtig!*" So wütend hatte ich sie noch nie erlebt.

„He, doch nur im Vergleich zu den spindeldürren Marsianern", beruhigte ich sie. „Neben denen wirkt selbst ein Supermodel übergewichtig."

Plötzlich stand eine zweite Nova im Raum mit einem zweiten Earl Grey im Arm. Es war das Hologramm, das aufgenommen worden war, als sie zum *Leser des Monats* gekürt wurde. Spooner erläuterte: „Wer hat dieses Mädchen gesehen? Sie hat aus dem Museum ein wertvolles Teepäckchen gestohlen. Falls Sie etwas über sie aussagen können, melden Sie sich bitte umgehend bei der nächsten Polizeistation."

Cora sagte: „Nachrichten aus", und das Hologramm verschwand. „Du meine Güte, sie suchen schon nach dir. Wir brauchen unbedingt Hilfe. Ich schlage vor, dass wir uns an Präsident Selby wenden."

Der Tee drückte mir mittlerweile auf die Blase, aber ich konnte Cora und Barney nicht fragen, wo die Toilette war, weil sie bereits eine Art Telefon herbeizitiert hatten und nun auf das Hologramm von Selbys Sekretärin einredeten, die sie abzuwimmeln versuchte.

Also beugte ich mich runter, stupste Early an und flüsterte ihm ins Ohr: „Weißt du, wo hier das Klo ist?"

Er hob das Schnäuzchen, schnupperte und verließ den Raum. Ich ging ihm nach und wir landeten tatsächlich im Badezimmer. Wie alles in dieser untermarsianischen Welt machte es den Eindruck einer hoch technisierten Steinzeit. Man konnte die Tür nicht versperren, aber Early versicherte mir, dass es keine bessere Verriegelung gab, als einfach nur „Zu!" zu sagen. Ich hoffte sehr, dass er mich nicht veralberte.

Als ich fertig war und mit Earlys Hilfe die Spülung betätigt hatte (der Befehl lautete naheliegenderweise „Spülen"), ging ich ins Esszimmer zurück, wo Nova gerade zu einem holografischen, ganz in grau gekleideten Präsident Selby sagte: „Es gibt nur eine Erklärung. Sie müssen direkt nach ihrer Ankunft im Museum gekidnappt worden sein."

Der Präsident antwortete: „Keine Sorge, junge Dame. Ich werde mich um alles kümmern. Ich schicke einen Suchtrupp los. Du bleibst am besten im Haus deiner Großeltern, damit du nicht auch noch in die Fänge der Kidnapper gerätst. Außerdem schicke ich jemanden von der Teepolizei vorbei, der den Teebeutel an sich nimmt. Solange du ihn bei dir hast, bist du in großer Gefahr."

Das Hologramm löste sich auf, bevor Nova den Präsidenten darauf hinweisen konnte, dass wir den Beutel längst benutzt hatten.

In letzter Sekunde

Ich hatte kein gutes Gefühl. Sollten wir wirklich hier sitzen bleiben und warten, bis etwas passierte? Konnten wir nicht selbst etwas unternehmen? Aber ich schien allein mit meiner Unruhe. Nova fühlte sich sichtlich wohl bei ihren Großeltern und hörte gar nicht mehr auf, von ihrem Leben auf der Erde zu erzählen. Und als sie auf die Frage, wie wir überhaupt hergefunden hatten, von Tippys Hilfe berichtete, waren alle drei so gerührt, dass sie fast glücklich wirkten. Da hätte Tippy glatt wieder mit ihrem Körbchen antanzen und sich verwöhnen lassen können.

Cora und Barney schienen davon überzeugt, dass Selbys Suchtrupp Erfolg haben würde und es nur eine Frage der Zeit wäre, bis sie auch ihre Tochter und den unbekannten Schwiegersohn in die Arme schließen durften.

Es dauerte nicht lange und der Projektor wurde wieder angeworfen. Bald hatten wir sämtliche Baby-, Kindheits- und Jugendhologramme von Julia gesehen. Außerdem jede Menge Sporturkunden und Auszeichnungen für die Teilnahme an gemeinnützigen Veranstaltungen. Und Proben von Julias Teezüchtungsversuchen während des ersten Semesters ihres Studiums der Teeologie. Als Cora anfing, über Julias Professoren zu berichten, klingelte es an der Tür.

Barney ging öffnen. „Tut mir leid, die Praxis ist noch geschlossen."

„Treten Sie zur Seite und lassen Sie mich rein!", befahl eine schneidende Männerstimme.

„Also hören Sie mal!", beschwerte sich Novas Großvater, aber da traten die drei Männer schon ins Wohnzimmer. Sie drückten ihn unsanft zur Seite, als er sich ihnen in den Weg stellen wollte.

Wenn das die ersten Boten der Selbyschen Truppe waren, durfte man sich nicht viel erhoffen. Sie trugen strahlend weiße, hautenge Ganzkörperanzüge, als wären sie Superhelden, gewissermaßen Albino-Spidermen.

„Das sind Spezialsicherheitsleute aus dem Museum", schnurrte Early in den Sand zu meinen Füßen. Also nicht die Teepolizei.

„Ah, Mr Spooner hatte recht, dass ihr euch bei Julias Eltern verstecken könntet", sagte einer der drei, vom strengen Auftreten her wohl der Ober-Albino. „Wo ist der Tee, den ihr gestohlen habt? Her mit dem Stoff!"

Cora sah automatisch auf den Tisch, wo der ausgedrückte Teebeutel lag.

„Ha! Ihr dachtet wohl, ihr könntet Beweismaterial vernichten", keifte der Ober-Albino und befahl seinen beiden Männern: „Nehmt sie fest und durchsucht das Haus! Bestimmt haben sie noch mehr Tee versteckt."

Die Unter-Albinos kamen auf uns zu. In ihren Händen blinkten zwei Kästchen rot auf. Wie auf Kommando stürzten sich Barney und Cora je auf einen der Männer und klammerten sich an sie.

„Lauft, Kinder!", kreischte Cora.

„Lasst sie nicht entwischen!", schrie der Ober-Albino, was jedoch ziemlich sinnlos war, denn seine Männer wurden ja festgehalten. Also musste er sich höchstpersönlich bemühen. Er griff nach uns. Aber zu spät. Ich hatte Nova an der Hand gepackt und sprang mit ihr zwischen den Unter-Albinos, die sich gerade freikämpften, hindurch. Ich sah gerade noch, wie die Blinkekästchen

Lichtbänder um die Armgelenke der Großeltern schlossen. Ich stolperte halb über Early, der zwischen meinen Beinen hindurchschoss, fing mich aber gerade noch.

„Zu, zu, zu!", plärrte ich die Badezimmertür an.

Nova sah das Oberlichtfenster sofort. Sie zog sich so rasch hoch, dass sie glatt eine Sporturkunde verdient hätte. Ich reichte ihr Early, bevor ich selbst hinterherkam. Die hämmernden Fäuste an der Tür zeigten, dass sie sich wirklich verriegelt hatte.

Der Sprung in die Freiheit endete mitten im Gestrüpp. Hinter dem Haus wucherten Sträucher, die sich dadurch auszeichneten, dass ihre Stämme grotesk dick und verwachsen waren und ihre mickrigen Blätter an den starren Ästen zu modrig riechendem Nichts zerfielen. Wir jaulten auf, als wir uns bei dem Versuch, den „Garten" zu verlassen, die Hände zerkratzten. Nur Early schlüpfte wie immer unbeschadet durch das Gewirr. Die Katzen hatten es eindeutig besser auf dem Mars. Vermutlich war die ganze Besiedelung dieses Planeten durch die Menschen eine Schnapsidee gewesen.

Es schien mir eine Ewigkeit zu dauern, bis wir dem Gekratze entkamen. Ein Wunder, dass nicht längst ein Albinokopf im Oberlicht erschienen war und herausgeglotzt hatte. Aber vielleicht bewachten sie einfach das Badezimmer, bis sie etwas gefunden hatten, mit dem man die Tür einschlagen konnte. Oder sie durchsuchten das ganze Haus nach weiterem Tee. Ich machte mir Sorgen, was mit Novas Großeltern passieren würde.

Hatten wir uns dem Falschen anvertraut? Steckten Selby und Spooner am Ende unter einer Decke? Waren

Spooners Leute deswegen so kurz nach dem Gespräch mit Selby aufgetaucht?

Spooner hatte in den Nachrichten behauptet, dass wir ein ganzes Päckchen Tee aus dem Museum gestohlen hätten. Dabei war es nur ein Beutel gewesen, und der war ein klarer Beweis für die Ankunft von Novas Eltern, die jedoch niemand vermisste, weil niemand ahnte, dass sie überhaupt hier waren. Eine vertrackte Sache. Wer würde uns glauben, falls nun auch der Präsident diese Lügen verbreitete?

Barney und Cora steckten demnächst in Untersuchungshaft. Vor Gericht würden sie tapfer ihre Version des Geschehens wiedergeben, nicht ahnend, dass auch die Richter gekauft waren, bestochen mit ein paar Bröseln echtem Assam. So würde es zu einem krassen Urteil kommen, bei dem die beiden Angeklagten zu langen Freiheitsstrafen verurteilt würden - nicht mal bei Wasser und Brot, sondern vielleicht bei trockenen Formosa-Kugeln. Spooner hätte auf einmal erstaunlich viele finanzielle Mittel für sein Museum. Präsident Selby konnte seinen Palast grandios ausbauen. Und Novas Eltern würde man skelettiert in einem engen Loch finden, wenn eines fernen Tages beim Bau einer neuen Gleiter-Fabrik etliche Höhlentrennwände eingerissen würden.

Puh, was war nur mit mir los? Ich tickte ja wie Bass. In meinem Kopf spielten sich regelrechte Dramen ab, während wir uns vorankämpften. Die geringe Schwerkraft machte mir doch noch zu schaffen.

Early hatte uns in sehr abgelegene, schmale Gänge geführt, in denen es nicht besonders hell war. Hier wucherten die gleichen nervigen Pflanzen von der Decke wie im „Garten“ von Barney und Cora. Manche hatten richtig fette Stämme und fingerten mit ihren staksigen Ästen weit in den Gang hinein.

„Was passiert nun mit meinen Großeltern?“ Nova schaute mich mit ihren großen Augen an.

Sollte ich sie an meinen Gedanken teilhaben lassen? Nein, das würde nichts bringen.

„Alles wird gut werden“, gab ich also schwach zurück. Dann lenkte ich lieber ab: „Wo sind wir überhaupt?“

/13/

Schwimmende Botschaften

„Wir sind an einem sicheren Ort, wo Menschen nicht gerne hingehen. Sie hassen diese Gegend“, schnurrte Early. „Hier könnt ihr nämlich die Ursache der Teekrise sehen.“

Nova schaute ihn fragend an. „Aber hier wächst nirgendwo Tee.“

„Oh doch, du hast ihn sogar schon angefasst“, gab Early zurück und nickte den verwachsenen Pflanzen zu.

Ach, diese fiesen Teile waren das, was aus den Teepflanzen geworden war? In der Tat ein höchst unerfreulicher Anblick.

„So, und jetzt?“, wollte Early wissen. „Habt ihr einen Plan?“

Nova schüttelte den Kopf, ich zuckte mit den Schultern. Es schien mir alles reichlich hoffnungslos. Eher der Vollständigkeit halber fragte ich zurück: „Hast *du* vielleicht einen, Early?“

„Nö.“

Als Nova und ich ihn frustriert anblickten, fügte er hinzu: „Schön, dann ist alles klar. Wir machen einfach planlos weiter.“

Das war beknackt, aber da wir nichts Besseres vorhatten, streiften wir ziellos durch die von Teepflanzen zugewucherten Höhlen, die von Menschen, aber nicht von Katzen gemieden wurden. Jede Katze, die wir trafen, fragten wir nach Novas Eltern, nach den Kisten, nach Teepäckchen, nach Spoonerschen Aktionen, nach der Teepolizei und sicherheitshalber sogar nach Novas Großeltern. Wir erfuhren allerlei: über einen Laden, der „historische“ Kleidung verkaufte, wie wir sie trugen; über Boxen aus Polygoethitephemer-Schaum, die man auch in Holzkistenoptik herstellen konnte; über Spooners Besuche bei der Fußpflege, die geruchstechnisch für Katzen höchst interessant zu sein schienen. Nur zu den Themen Teepäckchen und Teepolizei fiel niemandem etwas ein. Dafür tauschte Early mit den anderen jede Menge Neuigkeiten aus, die noch weniger als nichts mit unseren Problemen zu tun hatten. Worauf wir noch ein Fünkchen Hoffnung gegeben hatten, wurde für ihn zur sinnfreien Plauderei! Während ich mir schon längst sicher war, dass dieser Nicht-Plan komplett in die Hose gegangen war, trieb es Early noch weiter, fast so, als hätte er ein Ziel.

Schließlich gelangten wir zu einer beleibten Katze, die er uns als Darjeeling vorstellte.

„Hi, Darjeeling“, sagte Nova matt. Da fiel mir ein, dass Earlys Schwester so hieß. „Rein zufällig“ waren wir also bei ihr gelandet. Sie schien mir die Letzte zu sein, die uns helfen konnte. Sie lag am Ufer eines Flusses und patschte mit einer Pfote ins Wasser, wenn etwas vorbeischwamm, um es herauszuziehen. Dann sah sie es sich an und entschied, ob es zurück ins Wasser flog, an Land gehortet wurde oder - falls es eine Glühbeere war - in ihrem Maul verschwand. Eine äußert bequeme Art der Jagd, fand ich. Kein Wunder, dass die Gute so fett war.

Early maunzte munter mit Darjeeling drauflos und unterließ es sogar, das Gespräch in den Sand zu schnurren. Er schien völlig vergessen zu haben, was wir eigentlich wollten.

Aber es war ja eh egal. Es war aus. Es ging nicht mehr weiter. Ich hockte mich ans Ufer und starrte ins Wasser. Nova tat es mir gleich. So würden wir enden: am

Ufer sitzend. Und wenn mehr Glühbeeren vorbeikamen, als Darjeeling fressen konnte, würden wir nicht einmal verhungern. Aber im Moment kamen nur verkrüppelte Teebaumästchen vorbei, eine tote Zebraratte und ein Päckchen Tee.

„Mike", schrie Nova auf, „schnell!" Wie elektrisiert deutete sie auf das Päckchen. Sie sprang auf und dem Päckchen hinterher. Mit weit ausgestrecktem Arm versuchte sie, an das Päckchen zu kommen, aber sie schaffte es nicht. Darjeeling und Early wandten uns die Köpfe zu und schauten, was da vor sich ging.

Ich lief Nova hinterher. Mein Arm reichte auch nicht. Also hinein! Eigentlich hatte ich erwartet, dass mir das Wasser höchstens bis zu den Knien reichen würde, aber meine Füße rutschen tief hinab. Bis ich das Päckchen greifen konnte, stand mir das Wasser schon bis zur Hüfte. Wenigstens war es nicht so schlotterkalt wie der Eisbach! Also kam ich im Vergleich fast lässig, wenn auch triefend mit der ergatterten Beute wieder ans Ufer.

Nova riss mir das Päckchen aus der Hand. Es war eines der Päckchen aus den Kisten. Bis wir wieder bei den beiden Katzen ankamen, hatte Nova schon entdeckt, dass unter dem Aufdruck *With the delicate flavour of bergamot* etwas hingekritzelt war. Aber die meisten Worte hatte das Wasser weggewaschen. Nur *gefangen, Höhle* und *Fluss* konnte man sicher entziffern. Mir wurde trotz der nassen Hose, die an meinen Beinen klebte, heiß vor Aufregung.

„Das ist Mums Handschrift!", rief Nova. „Ein Glück, dass Dad immer einen Stift dabei hat, falls ihm eine wissenschaftliche Erkenntnis kommt, die er notieren muss."

Wir hatten eine Spur. Wir hatten wirklich eine Spur! Der planlose Plan hatte uns auf eine Spur gebracht.

„Was soll das ganze Bohei?", schnurrte Darjeeling gelangweilt. „Diese Päckchen sind langweilig. Da ist nur doofer Tee drin. Seit Stunden schwimmen die vorbei."

Early hüstelte verlegen, dann maunzte er ziemlich hastig etliche Erklärungen, die er seiner Schwester offenbar bisher schuldig geblieben war.

„Wo kommt der Fluss her?", fragte Nova Darjeeling, die sich uns zum ersten Mal richtig zuwandte.

Doch eine große Hilfe war Darjeeling nicht. Sie schnurrte in den Teil des Sandes, der weit genug von meiner tropfenden Jeans weg war: „Schwer zu sagen. Er hat viele Quellen."

„Dann werden wir sie erkunden", schnurrte Early darunter, sichtlich bemüht, wieder ganz bei der Sache zu sein.

Wir folgten dem Flusslauf, denn wir mussten herausfinden, wo die Päckchen herkamen. Darjeeling ließen wir zurück. Sie sagte, sie würde Wache halten. Nun ja, das konnte sie sicher …

Doch der Fluss hatte es in sich. Erstens zog er sich und zweitens hatte Darjeeling dummerweise recht: Immer wieder gabelte sich das Flussbett und wir mussten entscheiden, an welchem Ufer wir weiter entlanggehen wollten. Das erste Mal entdeckten wir etliche Meter hinter der Gabelung im rechten Flusslauf ein Päckchen, das an einem Felsen hängen geblieben war. *krank* und *Hilfe* waren die wenigen handgeschriebenen Worte, die wir lesen konnten. Nicht sehr beruhigend. Bei der nächsten Gabelung fanden wir kein Päckchen in der Nähe. So entschlossen wir uns zu warten. Es war furchtbar, sich den Hals zu verrenken, um endlich ein schwimmendes Päckchen zu entdecken. Irgendwann überließ ich es den beiden anderen und befreite meine Sneakers von ihrem extraterrestrisch hippen Schlammton. Ich konnte sie lokker im Fluss auswaschen, denn nass waren sie ja eh.

Doch dann kam tatsächlich ein Päckchen. „Einsturzgefahr" las Nova bebend das einzige Wort vor, das ihre Mutter in großen Buchstaben draufgeschrieben hatte. „Was stürzt ein? Die Höhle? Werden meine Eltern lebendig begraben?"

Wir beeilten uns noch mehr. Wir hatten viel zu lange hier gewartet. An der dritten Gabelung rief Nova: „Wir können nicht warten, die Zeit drängt."

Nur wohin? Versuchsweise am linken Flusslauf entlang? Und wenn wir dort nichts fanden, wieder zurück und dann dem rechten folgen? Das hielt uns wieder auf.

Bevor Nova einfach losstapfte, wackelte Early mit der Nase, schnupperte und schnurrte: „Der linke Lauf führt zum Museum."

Mir blieb der Atem stehen. Das war es! Natürlich! Julia und Everett waren nie aus den Höhlen rund um das Museum herausgekommen.

Wir rannten los.

Spooners Geheimnis

Wir liefen nicht lange. Rasch wurden wir ausgebremst, denn das Wasser drängte aus einem Loch heraus, das offenbar in eine weitere Höhle führte. Dort mussten wir hinein! Mühsam kämpften wir uns auf der Seite durch die Öffnung. Kriechend, aber trocken kamen wir an. Early war vorausgewieselt und empfing uns schnurrend in der Höhle: „Seht nur, wir befinden uns direkt unter dem Museum."

Wir blickten nach oben. Zehn, fünfzehn Meter vielleicht war die Höhlendecke von uns entfernt. Steinchen rieselten auf uns herab.

„Oh weh, mein Zuhause krümelt", schnurrte Early entsetzt.

„Mist, ich habe Marssand in die Augen bekommen." Nova wischte die Tränenflüssigkeit mitsamt den Sandkörnern fort.

„Marssand in den Augen! Damit kämst du auf der Erde in die Schlagzeilen", sagte ich grinsend in der Hoffnung, die Anspannung etwas aufzulösen.

Nova dachte nach. „Wenn die Teepäckchen hier in den Fluss geworfen wurden, dann müssen meine Eltern in der Nähe sein. Und irgendwo da oben reibt sich der böse Spooner die Hände und ahnt nicht, dass seine wertvolle Beute ihm davonschwimmt."

Early und ich folgten ihrem Finger mit den Blicken nach oben. Der Kater gab einen erstaunten Quietscher von sich und ich flüsterte: „Nova, schau mal!"

„Nein danke, meine Augen brennen immer noch!"

„Nein, wirklich, das musst du sehen."

Vor uns platschte ein Teepäckchen ins Wasser. Von oben herab. Von einer Hand fallen gelassen.

Nova starrte nun doch nach oben und rief: „Mum?"

„Nova, Schatz? Bist du das?" Die Stimme klang sehr gedämpft. „Wie hast du es geschafft, das Gate zu öffnen?"

Wir hatten sie gefunden! Novas Eltern hockten in einer weiteren Höhle, die direkt über der unseren lag. Durch ein Loch im Höhlenboden - von uns aus gesehen in der Höhlendecke - hatten sie all die Päckchen geworfen und gehofft, dass die Notizen darauf jemanden alarmieren würden. Wie Julia uns weiter berichtete, war es tatsächlich Spooner gewesen, der sie im Museum hatte festnehmen und wegsperren lassen.

Aber wieso hielt er auch den Tee dort versteckt? Hatte er etwa Angst vor der Teepolizei? Dann steckte er doch nicht mit Präsident Selby unter einer Decke?

Julia sagte, dass Everett unter einem furchtbaren Beklemmungsgefühl litt. Die Höhle, in der die beiden gefangen gehalten wurden, sei ziemlich klein. Gerade mal die Teekisten passten noch mit hinein. Über ihnen gab es eine vergitterte Luke, durch die sie hineingestoßen worden waren, und die nicht auf Befehle wie „Öffnen" reagierte, da sie goethitisch verriegelt worden sei.

„Wir befreien euch!", rief Nova ihren Eltern zu. Hatte sie eine Idee? Mir war nämlich völlig unklar, was wir tun konnten. Durch das Loch passte gerade mal Early.

„Early, jetzt hängt alles von dir ab", hörte ich Nova eindringlich sagen. Der Kater spitzte die Ohren. „Kannst du an den Teebüschen hochklettern?"

„Was für eine Frage", schnurrte Early und tat beleidigt. Offenbar schaffte er das.

„Und kannst du dich dann an den hängenden Glüh-
beerensträuchern weiterhangeln?“

„Pff“, schrieb der Kater in den Sand.

„Und von da in das Loch zu meinen Eltern
springen?“

Der Kater gab ein erschrockenes Maunzen von sich.
„Oh, das ist aber ein weiter Sprung.“

„Wäre es nicht sinnvoller, deine Eltern da irgendwie
rauszuholen, anstatt Early reinzubringen?“, warf ich ein.

„Genau darum geht es doch. Everett könnte Early
hochheben, damit er sich durch die Gitter der Luke
zwängt und dann kann er nach dem Goethitschlüssel suchen. Oder nach einer anderen Möglichkeit, die Luke
von außen zu öffnen.“

„Hey, guter Plan.“

„Blöder Plan!“, schrieb Early in den Sand. „Alles liegt
jetzt an mir.“ Er schien alles andere als begeistert.

„Hast du Angst, danebenzuspringen?“, fragte ich ihn.

„Angst? Katzen haben niemals Angst. Und Katzen
springen nie daneben. Pffffff.“

Ich hatte ihn bei seiner Ehre gepackt. Keine Minute
später hing Early im Gesträuch der Glühbeeren. Nova
hatte ihren Eltern den Plan zugerufen, damit sie bereit
waren.

Lange taxierte Early den Abstand zum Loch. Man
sah förmlich, wie es in seinem Köpfchen rechnete. Dann
stieß er sich ab. Kräftig. Flog durch die Luft. Einen
Meter, zwei Meter, den dritten Meter. Es würde nicht
reichen … Sein Schwung trug ihn nicht bis ins Loch
hinein. Bis knapp darunter segelte er. Strampelte mit den
Beinen in der Luft, als könnte er so noch einmal be-

schleunigen. Aber natürlich half das kein bisschen. Das Nächste war unvermeidlich sein Sturz, zurück auf den Boden. Wir hielten den Atem an. Da rumpelte es in der Gefängnishöhle. Aus dem Loch staubte der Sand und zwei Hände schossen heraus. Zielsicher griffen sie nach dem Kater, der erschrocken quietschte. Sicher hielten sie ihn fest. Julia musste sich flach auf den Boden geworfen haben, um bis an Early heranzukommen. Jetzt wurde alles gut!

Doch Early quietschte weiter. Dann knackte es ungut. Die Höhlendecke bekam einen meterlangen Riss. Julia mühte sich ab, ihre Hände samt Kater zurückzuziehen. Es knackte noch lauter. Der Riss krachte auf. Das Getöse war gewaltig. Die Felsendecke, die die Gefängnishöhle von der unseren trennte, brach über uns zusammen. Nova und ich suchten Schutz an einer Wand und drückten uns mit angehaltenem Atem flach dagegen. Zwischen den herabstürzenden Steinbrocken sahen wir Arme und Beine fliegen. Irgendwo bemerkte ich auch die grünen Streifen von Early. Doch alles fiel wie in Zeitlupe. Die geringe Anziehungskraft auf dem Mars machte das Desaster zu einem sehr speziellen Erlebnis. Die wenigen Steine, die auf uns herabfielen, konnte ich locker mit den Händen abwehren. Die Brocken, die im Fluss landeten, ließen das Wasser aufspritzen. In gemächlichen Fontänen kam es wieder zurück. Everett plumpste auf den Po. Julia fing ihren Sturz mit den Armen ab. Neben ihr krachten die Teekisten zu Boden. Eine brach auseinander.

Nova kämpfte sich durch die Staubwolken zu ihren Eltern vor. Ich hielt den Blick nach oben gerichtet, um die anderen warnen zu können, falls sich ein Nachzüglerbrocken lösen sollte. Aber alles schien sich beruhigt zu haben. Nur der Staub setzte sich lange nicht. Während wir Wiedersehen feierten, bedeckte er uns mit einer feinen, hellroten Schicht.

Die Erklärungen, die Nova und ihre Eltern austauschten, und die Beteuerungen, wie sehr sie einander vermisst hatten, wären wohl ewig hin- und hergegangen, wenn ich nicht eingeworfen hätte: „Wir müssen raus hier."

Die anderen nickten, aber Early schnurrte: „Das dürfte ein Problem werden. Mehr kann ich leider nicht sagen."

Er hatte recht, um Himmels willen! Am Boden breitete sich das Flusswasser aus. Early hatte sich sicherheitshalber schon mal auf einem der herabgefallenen Steinbrocken postiert und blickte dorthin, wo wir vor Kurzem in die Höhle getreten waren. Jetzt sah es dort ganz anders aus: Der Eingang war verschüttet, das Wasser floss nicht mehr ab, sondern staute sich.

Everett stöhnte und sagte schwach: „Wir werden ertrinken."

Er hatte recht. Selbst wenn wir die leichteren Steine beiseite schafften, würden wir an dem riesigen Felsbrocken scheitern, der das Loch blockierte, durch das wir gekommen waren.

Nova schaute verunsichert in die Runde. Dann blieb ihr Blick an Early hängen. „Kannst du die Steine zu Sand schnurren?", fragte sie hoffnungsvoll.

Julia antwortete an seiner Stelle. „Dazu müssten mehrere Katzen synchron schnurren."

„Mein Tee. Mein wunderschöner Tee!", rief jemand von oben. Wir sahen hoch.

Über den Gitterstäben hockte Neil Spooner. Seine schwarze Kutte verschwand fast im spärlichen Licht. Dafür schien sein Gesicht umso mehr zu leuchten. Unter der Glatze zogen sich dicke Augenbrauen zusammen, die blitzende Augen überwölbten. In natura war er viel hagerer, als er mir im Hologramm erschienen war. Er taxierte die Höhle, in die seine Gefangenen gefallen waren, und merkte rasch, dass sie festsaßen. Und dass das Wasser stieg. Aus seiner alarmierten Stimme wurde eine geradezu salbungsvolle: „Eine Familienversammlung, wie entzückend. Hast du die Kinder hergeführt, Early?"

Early antworte mit einem Fauchen.

„Egal, mein Problem wäre damit gelöst. Ihr werdet alle ertrinken und die Teepäckchen werden nach oben schwimmen."

Er strahlte wie ein Gutmensch, der gerade den Friedensnobelpreis überreicht bekommen hatte.

Everett schrie ihm wüstes Zeug entgegen, das von Husten durchsetzt war, aber da wandte sich Neil Spooner schon ab und verschwand.

Fieberhaft suchten wir die Höhle nach einem Durchgang ab, einem Loch, Spalt oder Schlitz. Aber es war nichts zu machen. Die einzige Öffnung, die es gab, war diejenige, durch die das Wasser des Flusses in die Höhle rauschte. Und die war eng. So eng, dass sie fast nur das Wasser durchließ und sonst nichts. Man konnte nicht erkennen, wie es dahinter weiterging, ob es ein längerer Tunnel war, durch den der Fluss schoss, oder ob es hinter der Öffnung wieder breiter wurde. Man hätte durch das Wasser schwimmen müssen. Gegen den Strom. Aber Everett war zu geschwächt und Julia, so stellte sich heraus, konnte gar nicht schwimmen. Und gegen den Strom war sowieso kaum anzukommen, falls eine längere Strecke zu überwinden war.

„Wenn ich mein Surfbrett dabei hätte …", murmelte ich.

„Was wäre dann?", hakte Nova ein.

Auch wenn es mir sinnlos schien, erklärte ich, wie man - vielleicht - auf einem Surfboard im Liegen den Fluss bezwingen könnte: flach auf dem Bauch und mit den Händen paddelnd. „Dann könnte ich Hilfe holen", endete ich.

Early sprang aufgeregt auf seinem Felsblock hin und her und schnurrte in höchsten Tönen.

Der Sand suppte schmierig um unsere Füße. Aber wir mussten den Kater gar nicht verstehen, denn wir sahen, was er tat. Sein Schnurren säbelte etliche Äste eines Teebaums in Stücke.

Nova schaltete sofort: „Early, könntest du für Mike ein Surfbrett bauen?"

Ich glaubte es kaum, aber was da in den nächsten Minuten entstand, war fantastisch. Ich zeigte Early auf meinem Handy ein Foto, das ich von meinem weltraumblauen Board gemacht hatte. Schnurrend schnitt Early ein Surfbrett aus dem Teebaum, der am wenigsten verwachsen war. Jeder Surfbrettproduzent der Welt hätte den Kater sofort angestellt. Das Einzige, was fehlte, war die Leine, mit der ich das Brett an einen Fuß hätte binden können. Es musste ohne gehen.

Ich machte jede Menge Fotos, die bewiesen, dass Julia, Everett und Nova samt Teekisten in einer Höhle festsaßen. Die Gitterstäbe hoch über uns knipste ich ebenfalls.

Vorsichtig ließ ich das Board zu Wasser und legte mich drauf. Die anderen hielten das Brett fest, während Early auf meinen Rücken sprang. Nur mit ihm hatte ich überhaupt eine Chance zu checken, wo der Fluss mich hintrug. Kapitänsgleich thronte Early auf mir, als ich zu paddeln begann. Es war anstrengend. Trotz Surfbrett. Abartig anstrengend! Ich schaute nicht zurück, nur nach vorn, dem endlosen Wasserstrom entgegen. Die letzten Hoffnungen der Youngbloods ruhten auf mir. Und ich hatte keine Ahnung, wohin die Reise ging.

/15/

Surfen auf dem Mars

Das Gute war: Ich musste nicht lange gegen den Strom ankämpfen. Das Schlechte: Ich geriet in einen Strudel. Kaum hatte ich den Engpass hinter mir gelassen, befand ich mich in einer Art Wasserkarussell. In einem Kreisverkehr für Flüsse. Von einigen Seiten strömten die Fluten ein, nach anderen Richtungen flossen sie ab. Und in der Mitte drehte sich das Wasser wie irre um sich selbst. Mir wurde so schwindlig, dass ich fast das Bewusstsein verlor. Aber ein scharfer Schmerz in beiden Pobacken sorgte dafür, dass ich sofort wieder hellwach war. Immerhin wusste ich jetzt, dass Early noch auf mir saß und sich mit Krallen und Zähnen festhielt. Es tat zwar höllisch weh, aber die Erleichterung darüber, dass ich ihn bei dem wilden Gekreisel noch nicht verloren hatte, wog das tausendfach auf.

Dank der geringen Schwerkraft war der Strudel nicht so stark, wie er aussah. Ich schaffte es, auf einen der abfließenden Wasserläufe zuzupaddeln. Nach einem erneuten Engpass weitete sich der Tunnel. Auch das Flussbett wurde breiter und das Wasser floss langsamer. Ich erreichte das Ufer.

Eine Weile lag ich keuchend da, hielt mit der einen Hand das Brett umklammert und mit der anderen Early, der mir das Gesicht abschleckte. Als ich mich aufsetzte, schnurrte er in den Sand: „Hast du einen Surfschock erlitten?"

Ich grinste. „Nein, ich bin nur erschöpft und desorientiert. Weißt du was, ich glaube wir könnten diesen Fluss runtersurfen. Wo führt er uns hin?"

„Weg vom Museum."

So viel war mir auch klar.

Das Wasser schlug hohe Wellen, der Untergrund musste sehr uneben sein. Viel krasser als beim Eisbach. Plötzlich fühlte ich mich großartig. Ich stand auf und klopfte auf das Brett. „Tolles Holz. Komm, wir wagen es."

Ich setzte Early vorn auf das Board und schob es bis zur Flussmitte, dann sprang ich selbst drauf. Es gelang mir, mich aufzurichten und das Gleichgewicht zu halten.

Der Fluss riss uns mit. Wir sausten durch Höhlen und Tunnel. Zuweilen musste ich den Kopf einziehen. Der Flusslauf wand sich um viele Kurven. Sehr viele Kurven! Meine Beine waren schon ganz zittrig, als wir unvermittelt das Ende unserer Reise erreichten: Der Fluss mündete in einen großen See. Hier war definitiv Endstation, denn der Abfluss des Sees lag offensichtlich irgendwo unterhalb des Wasserspiegels. Ich spürte den Sog, aber da ich nicht absaufen wollte, legte ich mich schnell aufs Board und paddelte zum dicht bewachsenen Ufer.

Es war der reinste Dschungel. Die Pflanzen hatten riesige Blätter an dünnen Stämmen. Kleine, bunte Tiere huschten durchs Unterholz.

„Hey", schnurrte Early in den schmalen Streifen Sand am Ufer. „Diese Pflanzen sehen aus wie die Hologramme historischer Teegärten im Museum. Nur viel viel größer."

„Du meinst, das ist Tee? Richtiger Tee?" Ich konnte es nicht glauben. „Warum erntet den denn keiner?" Dieser ganze Teekrieg war an sich schon der reinste Wahnsinn. Aber offensichtlich wurde er auch noch völlig grundlos geführt!

Early sah sich um. „Ich glaube, hier ist schon lange niemand mehr gewesen."

Unfassbar - wir hatten einen Teewald entdeckt, der wohl von alleine hier gewachsen war, womöglich durch Samen oder Sporen, die der Fluss hergetrieben hatte. Und ganz ohne dass Teeologen sich abgemüht hatten, brauchbaren Tee zu züchten. Wenn mich nicht alles täuschte, hatten wir hier die Lösung der Teekrise entdeckt. Ich wurde hippelig vor Aufregung, machte Fotos und knickte behutsam ein Blatt vom Stängel. Ich rollte es zusammen und steckte es vorsichtig in meinen Hosenbund.

Ich fühlte mich wie ein Held, und das ganze zehn Sekunden lang. Dann fiel mir ein: „Oh, äh, und wie kommen wir hier wieder raus?"

Bevor Early antworten konnte, begann der Boden unter meinen Füßen zu vibrieren. „Ein Erdbeben!", rief ich. „Nein, ein Marsbeben."

Early schnurrte etwas, aber die Vibration des Bodens löste die Schrift sofort wieder auf.

Ich ging auf alle viere und stierte auf den Boden. „Sag es noch mal."

„Ich weiß, wo wir sind. Direkt unter dem Präsident-Selby-Saal", las ich schnell, bevor alles wieder verschwamm.

Das hatte ich doch schon mal gehört. Genau! Der befrackte Kater hatte es bei der Katzenversammlung eilig gehabt, in den Saal zu gehen, weil die Vorbereitungen für ein Konzert anstanden. Also kein Marsbeben. Nur Musik, die alles zum Beben brachte! Oder was Katzen eben so als Musik empfanden. Ein Dolby

Surround System mit Subwoofern war nichts dagegen. Ob es an der Musik lag, dass der Tee hier so gut gedieh? Meine Mutter spielte den Pflanzen im Wintergarten immer Mozart vor und behauptete, dass sie davon besser wuchsen.

„Wie kommen wir in den Saal?"

„Ich habe eine Idee." Early ging voraus.

Ich nahm das Board mit, auch wenn es den Weg durch die Teepflanzen stark behinderte, aber ich hatte noch nie so ein gutes Surfbrett besessen und wollte es nicht verlieren.

Als ich schon dachte, wir hätten uns im Teedschungel verlaufen, lichtete sich das Blätterdach. An der Höhlenwand vor uns verliefen Rohre so groß wie Mammutbaumstämme, die unten und oben im Stein verschwanden.

„Das ist das Abwassersystem", erklärte Early. „Der einzige Weg nach oben."

Es sah so aus, als ob die Rohre Türen hätten. Und tatsächlich öffnete sich eine, als ich versuchsweise „Auf!" sagte. An der gegenüberliegenden Rohrwand rann eine gelbliche Flüssigkeit herab.

„Sollen wir da hochsteigen, während wir mit … ähm … Pisse berieselt werden?"

„Wir brauchen nicht zu klettern. Es gibt Wartungsaufzüge", schnurrte Early.

Es surrte und kurz darauf erschien eine Kabine, die zum Glück rundum verschlossen war. Sie glitt auf und wir stiegen ein. Sogar das Board passte hinein. Die Kabine schloss sich und ich sagte: „Hoch!" Wie praktisch, dass hier alles auf Zuruf funktionierte. Um uns herum rauschte und plätscherte es, als wir nach oben stiegen.

Der Lift hielt, die Kabine ging auf und wir standen in einem Raum, den ich sofort als Gemeinschaftskatzenklo erkannte, weil drei Katzen nebeneinander in eine Rinne pinkelten.

Sie stoben kreischend auseinander, als sie mich sahen. Wir folgten ihnen und gelangten in einen großen Saal mit voll besetzten Stuhlreihen. Das Konzert war in vollem Gange.

Auf dem Schoß vieler Konzertbesucher lagen behaglich Katzen und genossen die Musik möglicherweise sehr viel mehr als die Menschen. Auf der Bühne maunzte, gurrte und schnurrte ein vielköpfiger Katzenchor. Der befrackte Kater dirigierte von einem Podest aus, auf dem er mit dem Hintern zum Orchester stand. Er zuckte in eckigen Bewegungen mit dem Schwanz. Das war wohl sein Dirigentenstab. Der Katzenchor erzeugte nun Schnurrgeräusche in allen Tonlagen. Allmählich kam Rhythmus in die Sache. Ein richtig cooler Rhythmus. Ich wippte mit der Hüfte und war froh, dass mich niemand aus meiner Klasse sehen konnte.

Direkt neben der Bühne waren zwei Frauen mit technischen Geräten zugange, die mich an Fernsehkameras erinnerten. Mit einem furiosen Finale, bei dem die Halle regelrecht erzitterte, endete das Konzert. Während lautstarker Applaus aufbrandete, stand in der ersten Reihe ein grau gekleideter Mann auf, den ich jetzt erst bemerkte.

Ich rannte zu den beiden Frauen am Bühnenrand und gab ihnen eine Kurzfassung der Geschehnisse. Dass ich dabei sogleich ein Mikro vor der Nase hatte, war mir sehr recht. Neuigkeiten verbreiteten sich auf dem Mars schnell, wie Nova mir gesagt hatte. Bald würde jeder hier Bescheid wissen, so dass Spooner keine Chance hatte, uns zu entwischen. „Nova, Julia und Everett sind in Gefahr", beendete ich meinen Bericht. „Sie sind in Spooners Gewalt und er wird sie gnadenlos ertrinken lassen. Seine Sicherheitsleute haben auch Cora und Barney Newman gefangen genommen."

Aufgeregtes Gemurmel erfüllte die Halle. Der befrackte Kater schaute verärgert drein. Präsident Selby kam mit irritiertem Blick auf mich zu. Hektisch zog ich mein Handy hervor und zeigte den Pressefrauen die Fotos. Selby beugte sich interessiert darüber.

„Ich werde die Teepolizei hinschicken", versprach er. Er klang aufrichtig besorgt. Mein Verdacht, er könnte in die Sache verwickelt sein, löste sich in nichts auf.

Er sprach in ein Gerät an seinem Handgelenk, dann sagte er zu mir: „Deine Freunde werden befreit, Spooner wird verhaftet." Er lächelte und legte mir eine Hand auf die Schulter.

Ich zeigte ihm das Teeblatt. Nun, da Rettung unterwegs war, konnte ich von meinem Fund berichten.

Präsident Selby nahm das Teeblatt, schnupperte daran und nickte anerkennend.

„Meine Damen", wandte er sich an die Pressefrauen, „machen sie ein Holofoto von diesem Jungen und schreiben Sie eine Meldung über ihn und Early, die beiden mutigen neuen Teeplantagenbesitzer."

Gerettet!

Etwa eine Stunde später versammelten wir uns alle zu einem Glühbeerensektempfang im Foyer des Präsidentenpalasts.

Cora umarmte Julia, Barney schlug Everett auf die Schulter und nannte ihn „den besten Schwiegersohn auf der Erde, dem Mars und im restlichen Universum".

Earl Grey rieb sich an der erschöpften Nova und kitzelte sie mit den Schnurrhaaren an der Nase, bis sie lachte.

An der Wand liefen die Nachrichten. Die Schlagzeile lautete: „Rettung in letzter Minute. Julias gefährliche Rückkehr von ihrer Mission auf der Erde."

Dann erschien die Aufzeichnung aus dem Museum. Ich war bei der Rettungsaktion selbst nicht dabei gewesen, aber ein Reporterteam hatte die Teepolizei begleitet und alles dokumentiert. Obwohl ich ja wusste, dass es gut gegangen war, bekam ich Herzklopfen und mochte kaum hinsehen zu dem, was da flimmerte: Das Wasser hatte fast schon die vergitterte Luke erreicht. Drei Nasen drückten sich durch die Gitterstäbe.

Neil Spooner, der gerade noch hämisch gelacht und nach einem Teepäckchen gegrabscht hatte, drehte sich erschrocken um. Er wurde am Handgelenk gepackt. Ein Teepolizist durchsuchte seine Kuttentaschen und brachte ein Plättchen aus Goethit zum Vorschein, das er sogleich an das Gitter presste. Sofort schwang es auf. Helfende Hände zogen Nova, Julia und Everett aus dem Wasser.

„Neil Spooner wurde festgenommen und zahlreicher Verbrechen angeklagt, darunter Freiheitsberaubung und versuchter Mord."

Man sah das Wasser aus Novas Kleidung rinnen, als sie sich zur Kamera umdrehte und ein Daumen-hoch-Zeichen machte. Dann war ich zu sehen mit meinem Teeblatt.

„Mike Weber, ein Junge von der Erde, und der Museumskater Earl Grey haben unter dem Präsident-Selby-Saal eine Höhle entdeckt, in der ausgezeichneter Tee wächst. Den Marsgesetzen zufolge sind sie die Besitzer dieser Plantage."

Präsident Selby sagte: „Nachrichten aus!" und das HV schaltete sich ab. Er wandte sich an Early und mich. „Was werdet ihr mit eurem neuen Besitz machen?"

Early winkte desinteressiert ab. „Mike darf alles haben."

Ich überlegte kurz. „Ich brauche auch keinen Teewald auf dem Mars. Ich schenke ihn Cora und Barney." Cora schlug die Hände zusammen. „Aber der ist ein Vermögen wert! Wir könnten dir wenigstens etwas dafür bezahlen."

„Auf der Erde kann ich mir mit Marsdollars sowieso nichts kaufen. Ich muss schleunigst zurück. Mein Freund Bass ist im Krankenhaus." Was ich nicht sagte, aber dachte: Ich sehnte mich nach Pizza und ordentlicher Schwerkraft.

Die Youngbloods hingegen wollten noch eine Weile auf dem Mars bleiben.

Ich musste versprechen, dass ich niemandem etwas von der Marskolonie und dem Moongate erzählte. Ich tat es, auch wenn ich insgeheim vorhatte, Bass und Anja einzuweihen.

Präsident Selbys Sekretärin brachte Papiere, die Early und ich unterschreiben beziehungsweise unterpfoteln mussten, damit die Plantage an Cora und Barney ging. Sie küssten uns dankbar. Ein Händedruck hätte mir gereicht, aber ich ertrug es tapfer.

Kurz darauf fuhren wir in einem katzenverträglichen Spezial-Gleiter zurück ins Museum. Natürlich war die Presse dabei, um meinen Abschied zu holografieren. Ich ging in die Hocke und tätschelte Early. „Du wirst mir fehlen, kleiner Tollpatsch."

Meine Augen begannen zu tränen. Hatte ich etwa Marssand reinbekommen?

„Ich habe eine Idee", sagte Cora. „Barney, wir könnten doch das Museum kaufen. Die Abenteuer von Mike, Nova und Earl Grey würden bestimmt viele Besucher anlocken."

Alle umarmten mich und ich bekam anscheinend immer mehr Sand in die Augen.

Everett beauftragte mich, bei meiner Heimkehr die Purrolatoren sorgfältig in ihre Schachtel zurückzulegen. Für ihre Rückreise wollten sie ein neues Moongate benutzen.

Early schob sein Bett beiseite, hinter dem das Moongate versteckt war, durch das wir hergekommen waren.

Mit zwei lauten Gicksern machte Julia das Tor so hoch, dass ich mitsamt meinem Surfbrett durchpasste.

„Auf Wiedersehen, junger Mann", sagte Präsident Selby feierlich. „Du hast die Kolonie gerettet." Dabei lächelte er in die Kamera. So ein Poser!

Ich atmete tief durch, machte einen Schritt durch das Moongate und stand wieder auf unserer Dachterrasse.

Es fühlte sich an, als würden meine Eingeweide bis in den Keller runtergezogen. War ich immer schon so tonnenschwer?

Ich wartete, bis mein Schwindelgefühl nachließ, dann drehte ich mich um, um die Purrolatoren einzusammeln. Ich wollte gerade nach dem ersten greifen, da plumpste etwas durchs Moongate. Es war grün und haarig und kullerte unbeholfen quer über die Dachterrasse.

Bass erstaunt

Am nächsten Morgen besuchte ich Bass im Krankenhaus. Ich war gespannt, wie er auf meine Geschichte reagieren würde. Klar, zuerst würde er natürlich denken, dass ich ihn verarschen wollte. Selbst Anja hatte auf meine ausführliche E-Mail, die ich ihr am Abend zuvor noch geschickt hatte, sehr skeptisch geantwortet. Erst als ich ihr die Fotos von meinem Handy hinterherschickte, glaubte sie mir.

Bass köpfte gerade ein Frühstücksei. „Was ist los? Wieso hast du gestern einfach aufgelegt? Und was ist das für ein Teil?"

Ich lehnte das Surfbrett an den Wandschrank. „Das ist mein neues Board. Es ist aus marsianischem Teeholz."

„Ach wi-iirklich?" Bass tippte sich an die Stirn.

„Die Reise dorthin hast du mir übrigens ermöglicht."

„Ja klar." Er rollte die Augen.

Ich nahm meinen Rucksack ab, öffnete ihn und holte Early raus. „Und das ist mein Kater vom Mars."

Bass wollte gerade Salz auf das Ei streuen. Jetzt starrte er mit offenem Mund den Kater an. Aus dem umgedrehten Salzstreuer rieselte es aufs Tablett. Bass hörte gar nicht mehr auf zu starren. Und das Salz lief und lief.

Ich setzte Early auf der Bettdecke ab, wo er sofort zu schnurren begann. Das Salz formte die Worte: „Hi, Bass. Can you read English?"

Wenn Du wissen willst,

wie es für Mike, Nova und Early weitergeht,
dann kannst Du Dich auf den zweiten Band freuen:

Eigentlich haben sich Mike, Nova und Bass den Surfurlaub auf Teneriffa redlich verdient. Doch da holt sie ein Hilferuf ihres Marskaters Early ein: Auf dem Roten Planeten sind spurlos Katzen verschwunden. Und es kommt noch schlimmer: Zig nervtötende Aliens bringen die Marsianer an den Rande des Wahnsinns …

Mein Kater vom Mars
Zur Hölle mit den Zigs!

Auf der rasenden Fahrt durch die Tunnel stellte ich fest, dass sich auf dem Mars einiges verändert hatte. Nicht nur die schmalen Nebengänge, die außer dem roten Gestein nur wenige in der Luft flirrende Leuchttafeln mit Veranstaltungshinweisen boten, waren nahezu menschenleer, selbst die Prachttunnel und Einkaufspassagen lagen gespenstisch ruhig da. Wenn wir einen Laden passierten, flammten Leuchtflächen auf, die die Angebote des Ladens dreidimensional anzeigten. Denn nur wenn jemand vorbeikam, sprang hier die Werbung an, dann allerdings umso eindrucksvoller.

Ich kannte die Tunnel zur Geschäftszeit eigentlich nur in wildester Beleuchtung. Aber wenn kaum jemand unterwegs war, verlor der Ort schnell seinen aufregenden Glanz.

„Langsamer", sagte ich, um mehr Zeit zum Schauen zu haben. Manche Läden hatten geschlossen, in anderen saßen einsame Mitarbeiter. Sie zappten gelangweilt zwischen den verschiedenen Holovisionskanälen hin und her, die das hiesige Fernsehprogramm darstellten. Sobald dort über Zigs berichtet wurde, schalteten sie weiter. Und es wurde verdammt viel über Zigs berichtet, wie mir schien. Ich verstand auch allmählich, warum. Statt Menschen und Katzen kamen uns immer häufiger Zigs entgegen, die jedoch nicht auf uns achteten. Sie waren zu sehr damit beschäftigt, sich über alles Erdenkliche zu streiten. Und dabei vermehrten sie sich ständig.

Schließlich stießen wir auf den offenbar einzigen florierenden Laden. Nova, Fab, Yesy und Bass hatten angehalten.

„Stopp!", rief ich und stieg aus dem Gleiter. Der Laden war gerammelt voll mit Leuten. Lange Schlangen hatten sich davor versammelt.

„Was gibt es hier zu kaufen?", wunderte sich Nova.

Die Leute hielten Scheiben, Schilder und große Rollen in den Händen.

„Seltsam." Mich verblüffte nicht nur der Andrang, sondern auch die Tatsache, dass die Waren so farblos waren. Nirgends eine grelle Farbe, kein einziges Muster. Das passte so gar nicht zum marsianischen Geschmack.

Obwohl wir wegen der vielen Leute nur mit Mühe an den Laden herankamen, gaben wir unserer Neugierde nach.

„Oha", machte Bass, der als Erster einen Blick in das Innere des Ladens erhaschte.

„Das erklärt alles", ergänzte Fab.

„Puh", hörte ich Yesy.

„Wundert mich nicht", meinte Nova, als auch ich es bis nach vorn geschafft hatte.

Endlich konnte ich es sehen. Im ganzen Laden blinkten Schriften und Zeichen. Auf schwebenden Schildern hieß es *Kein Zutritt für Zigs*, auf den Scheiben waren durchgestrichene Zigs abgebildet, und riesige Transparente mit der Forderung *Stoppt die Zigs!* konnte man zum Transport zusammenrollen. Hinter den drei Kassierern

kündigte eine Holowerbung den morgigen Erstverkaufs-
tag des neuesten Verkaufsschlagers an: Kittel, die über
und über bedruckt waren mit der Warnung: *Zig mich
nicht!*

„Das ist die erste Marsmode, der sogar ich mich an-
schließen würde“, sagte ich.

„Von hier aus ist es nicht mehr weit“, sagte Nova.
„Wir können laufen.“

Tatsächlich, vor uns leuchtete schon eine Schrift, die
den *Selby Tunnel* ankündigte. Und an dessen Ende lag der
Selby Place mit dem Präsidentenpalast.

Ich bekam ernsthafte Zweifel, ob Präsident Selby
überhaupt Zeit für uns haben würde. Denn wie es aussah, entwickelte sich auf dem Planeten gerade im Mega-
tempo ein Megaproblem. Wenn die Zigs in den Gängen
und Höhlen erst einmal mit demonstrierenden Marsianern zusammentrafen, würde der Präsident froh sein,
wenn die Katzen nicht auch noch mitmischten. Ver-
schwundene Katzen bereiteten ihm bestimmt weniger
Kopfzerbrechen als sich vermehrende Zigs.

„Yesy und ich warten wohl besser draußen“, sagte
Fab, als wir unser Ziel erreicht hatten.

Nova stimmte ihm zu. „Präsident Selby könnte es
missfallen, dass wir euch hergebracht haben.“

„Ich bleibe auch draußen“, sagte Bass. „Ich schaue
mich hier um. Vielleicht ist Darjeeling ja irgendwo.“

Wir hatten Glück, als wir uns bei Selbys Sekretärin
anmeldeten. Sie versucht zwar, uns abzuwimmeln, aber
genau in dem Moment erschien Selby in der Tür zu
seinem Amtszimmer. „Na so was, seid ihr etwa hier, um
uns bei der neuen Krise zu helfen?“ Er bedeutete uns,

ihm ins Zimmer zu folgen. Sein Blick wanderte immer wieder zu den *Holo-News*, die rechts von seinem Schreibtisch schwebten.

„Wenn es um die Zig-Krise geht", sagte Nova, „dann muss ich Sie enttäuschen. Aber es gibt ein anderes Problem. Einige Katzen sind spurlos verschwunden."

„Ach, die werden schon wiederkommen", sagte Selby nur, den Blick jetzt starr auf die Nachrichten geheftet.

„Schlimme Sache mit den Zigs", sagte ich, damit er uns wenigstens zuhörte.

Präsident Selby seufzte. „Die sind völlig außer Kontrolle geraten. Erst waren es nur elf. Sie kamen in einem Raumschiff an und sagten, sie wären auf der Durchreise, würden uns gern kennenlernen und Witze austauschen." Er rollte mit den Augen. „Da bekommt man Besuch von einer fremden Spezies und dann wollen sie nicht Technologie austauschen, sondern Witze. Und die Zig-witze sind nicht mal komisch."

„Und warum reisen sie nicht weiter?", hakte Nova nach.

„Sie könnten sich nicht darauf einigen, wo sie als nächstes hinwollen. Sie sagen, sie wären auf einer großen Suche, aber sie wüssten nicht, wonach. Also hängen sie hier herum und sind eine echte Landplage geworden. Sie brauchen zwar kaum Platz, da sie nur aus einer Art Lichtplasma bestehen, aber sie dringen mit ihren Gedanken in unsere Köpfe ein, da sie telepathisch kommunizieren."

Ich legte die Fingerspitzen an die Schläfen. „Ja, ich weiß. Ich habe es im Museum selbst erlebt. Man kann keinen eigenen Gedanken mehr fassen, wenn ein Zig in der Nähe ist."

Präsident Selby nickte mit düsterer Miene. „Und zu allem Überfluss vermehren sie sich, sobald sie einen inneren Konflikt austragen. Darum kann ich nicht mit ihnen verhandeln. Sie würden zu jedem meiner Vorschläge zwei Meinungen haben und sich wieder verdoppeln. So was nennt man exponentielles Wachstum. Das kann kein gutes Ende nehmen."

„Was ist denn nun mit den Katzen?", beharrte Nova.

„Katzen? Welche Katzen?"

„Die, die verschwunden sind", sagte ich. „Oolong, Chun Mee, Gunpowder, Darjeeling und wer weiß welche noch. Von den anderen Katzen sind einige so in Panik geraten, dass sie angefangen haben, die Erde zu kolonialisieren."

„Sie kolonisieren die Erde?" Der Präsident sah uns zweifelnd an. „Das ist jetzt aber keiner dieser grässlichen Zigwitze, oder?"

„Nein, es ist wahr. Early, Tippy und weitere Katzen sind durch ein Gate nach Teneriffa gereist. Das ist eine der Kanareninseln", ergänzte ich, da die Mars-Kolonisten vermutlich nicht mehr viel über die Geografie des Planeten wussten, den sie vor über vierhundert Jahren verlassen hatten. „Und dort haben sie mit dem Zurechtschnurren der Steine ein Seebeben verursacht. Womöglich kommt es bald zu einem Vulkanausbruch."

„Erdbeben? Wie sich das wohl anfühlen mag? Hm, nun gut, ich werde meinen Leuten sagen, dass sie die Augen offen halten sollen. Und wenn sie bemerken, dass jemand eine Katze verschleppt, werden sie eingreifen."

Damit mussten wir uns begnügen. Wir dankten Präsident Selby für die Zeit, die er sich für uns genommen hatte, wünschten ihm viel Glück dabei, die Zigs loszuwerden, und verabschiedeten uns.

Fab und Yesy warteten in der geräumigen Vorhöhle.

Bass kam aus einem niedrigen Seitentunnel gekrochen. „Wollt ihr die schlechte Nachricht zuerst hören? Keine Spur von Darjeeling." Er rappelte sich auf und klopfte den Staub von seiner Jeans.

„Und wie lautet die gute Nachricht?", fragte ich.

„Es gibt keine gute Nachricht, aber noch schlechtere Nachrichten. Ich bin drei Katzen begegnet. Sie sagen, dass sie sich jetzt überwiegend in den tiefer liegenden Regionen aufhalten, die sie mit Malgenvorhängen sichern. Aber eine Katze namens Sikkim wollte ihren Freund Gunpowder finden. Sie kehrte von der Suche nicht zurück. Die drei Katzen, denen ich begegnet bin, haben nach Sikkim gesucht, die jetzt anscheinend ebenfalls verschwunden ist."

Die einen Katzen versteckten sich aus Angst, die anderen flohen auf die Erde. So konnte es wirklich nicht weitergehen!

„Wir sollten zum Museum zurückfahren", sagte ich und rief nach oben: „Fünf Gleiter!"

Wir fuhren los, kamen allerdings nicht weit, denn schon nach wenigen Minuten gerieten wir in einen Stau. Massenhaft Zigs verstopften den Tunnel. Sie schienen alle auf dem Weg zum Museum zu sein.

„*Kratzig*", ziggte es von allen Seiten. Ein regelrechter Chor von Stimmen dröhnte in meinem Kopf.

Die Fahrt ging nervtötend langsam voran. Erst kurz vor dem Museum wurde es besser, denn die Zigs verschwanden in Röhren, die nach oben führten. Wollten sie etwa zu ihrem Raumschiff, das dort oben stand, wie Cora uns erzählt hatte? Ob sie wegflogen? Das wäre doch mal eine gute Nachricht gewesen.

Als wir das Museum betraten, überfiel uns Cora sofort mit den Worten: „Ich habe schlechte Nachrichten."

„Nicht schon wieder", jammerte Nova.

„Ist etwas mit Early passiert?", war meine erste Sorge.

„Nein, aber die Lage ist völlig außer Kontrolle geraten", sagte Cora.

„Das hat Präsident Selby auch gesagt", meinte ich lakonisch.

„Nein, nein, nicht hier auf dem Mars. Es ist viel schlimmer." Cora rüttelte an meinem Arm. „Ein Zig ist durch euer Moongate gegangen!"

Meine Güte, waren wir bescheuert gewesen! Diese Erkenntnis traf mich wie ein Hammerschlag. Wegen der Aufregung um Earlys Verschwinden hatten wir das Moongate total vergessen!

Panisch eilten wir in die Teekrisenabteilung des Museums, wo das Moongate tatsächlich immer noch munter vor sich hinrauschte. Davor stand ein Zig und schaute uns an.

Ich war erleichtert. „Ein Glück, er ist wieder zum Mars zurückgekommen."

„*Zurückgekommen?*", ziggte es in meinem Kopf. „*Aber ich war doch gar nicht weg.*"

„Der da ist nicht zurückgekommen“, erklärte Cora. „Er ist hiergeblieben, nachdem er sich geteilt hatte, weil er sich nicht einigen konnte, ob er durch das Gate gehen möchte oder nicht. Die andere Hälfte ist gegangen. Ich konnte nicht rechtzeitig eingreifen und es verhindern. Und ich hätte ehrlich gesagt auch nicht gewusst wie.“

„Was heißt hier die andere Hälfte?“, ziggte der Zig. *„Ich bin keine Hälfte. Ich bin ein neues Ganzes. Mich gibt es jetzt zweimal. Und ich will hierbleiben.“*

„Keine Zeit für Gerede“, drängte Nova. „Wir müssen schleunigst zur Erde und den anderen Zig einfangen!“ Sie hatte es so eilig, dass sie durch das Gate sprang.

Verärgert schnurrte Early: „Wenn das so weitergeht, ist bald das ganze Sonnensystem zugeziggt.“

Augenblicklich richteten sich die Zig-Augen auf ihn. Fast schien es, als hefteten sie sich an ihm fest. Early ging in Abwehrhaltung. Er machte einen Katzenbuckel, zeigte seine Zähne und fauchte so dramatisch, als habe er das mindestens bei einem Ungarischen Hornschwanzdrachen gelernt.

Den Zig beeindruckte das in keiner Weise. Er ging direkt auf Early zu und ließ ihm keine Chance auszuweichen. Setzte Early an, nach links abzuhauen, war der Zig schon dort. Sein Körper konnte sich komplett verformen, sodass die Lichtgestalt sich blitzartig nach links oder rechts ausdehnte, wenn Early fliehen wollte.

Early tat das Einzige, was ihm übrig blieb. Er stürzte Nova durch das Moongate nach. Ohne zu zögern, folgte ihm der Zig, der eben noch behauptet hatte, er wolle den Mars nicht verlassen. (…)

Kris Benedikt

... ist die geballte Autorenkraft von Christine Spindler und Thomas (Benedikt) Endl. Nicht nur auf den Mars kann man mit ihnen reisen, sondern auch nach London. Von der Psycho-Krimi-Reihe *London Crimes* sind die ersten Bände bereits erschienen.

Einzeln blicken „Kris" und „Benedikt" auf jede Menge Geschichten zurück: Thriller, Lovestories, Kinder- und Jugendbücher bei vielen renommierten Verlagen, TV-Dokus wie "Der Pate von Rothenburg" und eine Folge für die ZDF-Krimi-Reihe "SOKO 5113".

Mehr zu Christine Spindler, die auch unter dem Pseudonym Tina Zang erfolgreich schreibt, gibt es via www.christinespindler.de, mehr zu Thomas Endl via www.endlwelt.de, mehr zu Kris Benedikt via www.krisbenedikt.de.

edition tingeltangel

Aktuelle Informationen über unsere Neuerscheinungen und mehr findest Du auf der *Facebook*-Seite der *edition tingeltangel* und auf *www.edition-tingeltangel.de*.

Hast Du Lob, Kritik, Anregungen, Lesungsanfragen oder Autogrammwünsche? Dann schreib doch einfach an tom@edition-tingeltangel.de.

In unserem Programm findest Du weitere Bücher und E-Books mit gewitzten Helden und Heldinnen:

Ein Fantasy-Abenteuer, das die magische Welt der "Zauberflöte" von Mozart zum Leben erweckt!

Im Sonnenreich Solterra sind Gehorsam und Ordnung die obersten Gebote. Die dreizehnjährige Skaia fühlt sich fremd in dieser hellen Welt ohne Freiheit und kann nicht anders, als immer wieder gegen die Regeln zu verstoßen. Als sie einen geheimen, verwilderten Park entdeckt, gerät sie ins Visier der Mächtigen. Um sich und ihren Bruder zu retten, wagt sie sich mit der scheinweißen Katze Lunetta in eine gefährliche Welt: in das dunkle Land Moxó, wo ein Vogelmensch sein Unwesen treibt – und die Königin der Nacht auf sie wartet.

Ein All-Age-Abenteuer mit zahlreichen Abbildungen aus alter Zeit.

„Ein hinreißender Schmöker" (Findefuchs)

Thomas Endl:
Prinzessin der Nacht – Ein phantastischer Roman

Ein Jahr kann Menschen völlig verändern. Fredo glaubt seinen Augen kaum, als er zu Weihnachten seinen Cousin Mark wiedertrifft.
Dessen Seele scheint so finster wie sein Gothic-Outfit geworden zu sein. Unaufhaltsam schlittern die beiden Jungs in ein schauerliches Abenteuer, dessen Ursprung weit zurückliegt. Denn die Weihnachtskugeln, die ihre Großmutter auf dem Dachboden aufbewahrt, haben es in sich.

„Mystisch und geheimnisvoll" (deutsche-krimi-autoren.de)

Thomas Endl:
Dark – Ein kleine, gemeine Weihnachtsgeschichte

„Wo gibt's denn so was? 1312 Jahre lang hat der Nikolaus ohne Zwischenfall die Kinder beschert. Jetzt aber greift er in den Sack, und plötzlich beißt ihm jemand in die Hand! Lina heißt die Übeltäterin, die ganz cool feststellt: ‚Ab jetzt gehöre ich zu dir.' Weil die Kurze oberrotzig ist, hat der heilige Mann nicht viel zu lachen — ganz im Gegensatz zu den Lesern dieses Romans. Der ist frech und gefühlvoll zugleich — spitze!"

(WAZ)

Thomas Endl/Cornelia Haas:
Nikolaus und Nikolina
– Eine freche Vorweihnachtsgeschichte

Und für erwachsene Leser haben wir noch mehr aus der Feder von **Kris Benedikt:**

Näher als du ahnst / Schlimmer als dein Tod
Die ersten beiden Bände der *London Crimes*

„Wer ist nicht fasziniert von der Glitzerwelt des Showbiz und würde gern einmal hinter die Kulissen von märchenhaftem Glamour blicken? Das Autorenduo Kris Benedikt nimmt uns mit in eine Welt voller Träume, Geheimnisse und Intrigen. Es beginnt ein psychologisch ausgeklügeltes Spiel um Liebe und Verrat.“
(Zwiebelchens Plauderecke
zu „Schlimmer als dein Tod“)

„Ungewöhnlich, spannend und humorvoll. Ein Lesevergnügen!“
(krimizeitschrift.de)

London Crimes
Ein Volltreffer?
Sag uns Deine Meinung!
Im E-Book-Shop.
In Deinen Foren.
Auf Deinem Blog.